AF308523

FSC
www.fsc.org
MIXTE
Papier issu
de sources
responsables
Paper from
responsible sources
FSC® C105338

Avertissement de contenu
(Trigger Warning)

Ce roman contient des thèmes et des scènes susceptibles de heurter la sensibilité de certains lecteurs.

Les thèmes abordés incluent :

• Le deuil et la perte d'un être cher ;
• La vengeance et ses conséquences émotionnelles ;
• Des scènes de violence physique et psychologique ;
• Des confrontations avec des questions existentielles et la mort personnifiée.

À noter :

Certaines scènes, dès le début du roman, peuvent être émotionnellement difficiles pour les lecteurs sensibles.

Ce livre explore des émotions profondes et complexes, avec une narration intense et des choix difficiles pour les personnages.

Si ces thèmes peuvent vous affecter, nous vous encourageons à lire ce livre avec prudence et à vous arrêter si nécessaire.

Prenez soin de vous et de votre bien-être.

L'Ombre de la Mort

L'Odyssée d'une vengeance

Amélie FREY

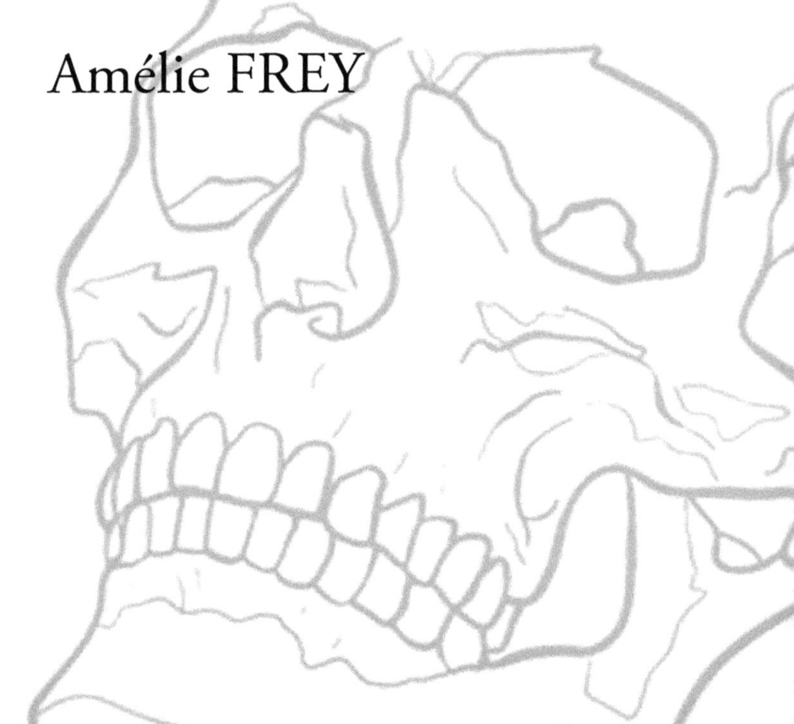

1. DÉBUT D'UN VOYAGE

— Palmyre ! m'interpelle madame Bailey, une amie de mon père et de ma mère, aux cheveux grisonnants.

— Bonjour, dis-je, un sourire sincère dessiné sur mon visage.

— Comment se portent tes parents ? J'espère que leur état s'améliore, chuchote-t-elle d'une voix si basse que je parviens à peine à l'entendre.

— Oui, ils vont mieux. Ce soir, nous mangeons de la soupe. Je suis allée chercher quelques épices et des légumes afin qu'elle soit meilleure. Je n'ai pas le talent de maman pour entretenir le jardin.

Alors que nous parlons, un officier, pourvu d'une armure couvrant la partie inférieure de son visage, tapissée d'un morceau de tissu, interrompt notre échange.

— Jeune fille ! Savez-vous quand les épées commandées à votre père par la garde seront prêtes ? Ses activités dans la forge sont, pour le moins, discrètes. En fait, je ne le vois jamais à la tâche !

— Oui, monsieur, il a pris quelques jours pour se reposer. Vous aurez vos lames dès que possible.

L'homme part sans un merci.

— Et vous ? Comment allez-vous ? demandé-je à mon amie.

— Ah, vous savez, les temps sont durs, le froid commence à arriver, les récoltes sont moindres et il devient difficile de trouver de quoi manger même dans les restaurants du village.

— Il est vrai que le prix de la nourriture a augmenté. J'ai tout juste de quoi faire une soupe et cela m'a coûté une vingtaine de jetons d'obsidienne. Par chance, le métier de papa nous permet de vivre aisément.

— Je vous souhaite bon courage. Transmettez mes salutations à vos parents.

— Merci beaucoup, madame. Nous ne manquerons pas de venir vous voir quand tout cela sera derrière nous.

Il est l'heure de se mettre en route, préparer le repas sera long. Je n'ai besoin que de quelques minutes pour arriver à la maison. Les joies de la vie au centre-ville, tout y est à disposition.

Le sac tout juste posé sur la table, quelqu'un frappe à la porte. Sûrement un client de papa. Je n'ai pas le temps de me retourner qu'un vacarme assourdissant retentit. Aussitôt, un groupe de trois soldats armés de lourdes épées, de boucliers massifs et portant une armure similaire à celle de l'officier font leur apparition. Une odeur particulièrement désagréable les accompagne. L'un d'eux se dirige vers moi tandis que les deux autres vont d'emblée dans la chambre des malades, comme s'ils connaissaient parfaitement les lieux. Un frisson me parcourt l'échine, je tente de les suivre. Je leur crie de ne pas leur faire de mal, que mes parents sont sur le point de guérir. Une silhouette sombre à l'extérieur attire mon attention. La couleur de ses vêtements reflète à la perfection le désespoir de la situation. L'apercevoir provoque une sensation étrange qui traverse mon corps. Quelque chose que je n'avais encore jamais ressenti jusque-là. Cela m'importe finalement peu, qui que tu sois, par pitié, viens-moi en aide !

Profitant de mon moment de distraction, celui qui était resté à mes côtés me frappe violemment au plexus. Mes poumons se vident de l'air qu'ils contenaient. La douleur qui se propage dans mon thorax me fait tomber à genoux. Essayant d'ingérer un peu d'oxygène, je sens ma gorge et ma poitrine se serrer. Un goût métallique envahit ma bouche.

Les deux soldats sortent de la chambre.

— Les deux malades sont déjà morts. Nous allons inspecter les autres habitations avant d'appeler le service pour ramasser les corps, déclare l'un d'eux.

— Prenez votre temps, je vais m'amuser un peu avec la gamine, répond celui qui vient de me frapper pendant que ses collègues quittent la pièce pour se rendre à l'étage.

Mes parents ? Morts ? Non, ils allaient encore très bien lorsque je me suis absentée. Ils ne peuvent pas succomber, s'ils disparaissent, je suis seule. Je ne veux pas être orpheline ! Ils ont dû faire semblant en entendant les soldats entrer dans la maison.

Tirée hors du sol par mon vieux haut déformé, je suis poussée contre un mur. L'homme porte ses doigts à la ceinture de son uniforme. Les boutons de son pantalon défaits, je comprends ce qu'il va arriver si je reste là. Je lui assène un violent coup de genou dans son intimité. Le choc est suffisamment brutal pour le faire réagir, ses mains viennent couvrir l'endroit douloureux. J'en profite et me précipite en direction de la porte qui mène vers l'extérieur. Je n'ai pas le temps de l'atteindre que le soldat revient en force et me saisit par derrière, empêchant toute fuite. Il serre ensuite violemment ma gorge, mes tentatives de lutte pour respirer sont inefficaces. Je dois le pousser à me lâcher ! Aucun filet d'air ne parvient à mes poumons, je frappe, je griffe la peau de mon agresseur pour m'extraire de son emprise, en vain. Ma vue se trouble dans un voile blanc, mais je ne cesse mes efforts de libération ! J'ai de moins en moins de force pour résister, mes coups deviennent de plus en plus faibles. Mes yeux se ferment, et rapidement après ça, je tombe dans l'inconscience.

Un peu plus tard

Ma tête me fait souffrir. Je frotte mes yeux avant de les ouvrir, ne m'expliquant pas comment il est possible que je sois toujours en vie. Quand la pièce où j'ai grandi se dévoile sous mon regard encore embrumé, j'aperçois les cadavres des trois soldats sur le sol. Je comprends assez vite qu'il va falloir que je fuie. Je commence à courir en direction de la porte d'entrée restée grande ouverte. Lors de mon passage, j'attrape une dague laissée là par mon père en cas de problème. Je le prenais pour quelqu'un d'un peu fou et trop protecteur. Qui allait sérieusement vouloir rentrer chez nous en pleine nuit ? Finalement, cette habitude me sauvera peut-être la vie. C'est munie de cette simple dague que je quitte la demeure qui m'a vue grandir.

Hors de la maison, d'autres soldats s'approchent et découvrent les corps de leurs collègues. Je dois fuir ! Partir loin ! Je dois survivre !

Ils sont à mes trousses, je ne peux perdre plus de temps. Je dois absolument trouver un endroit où me cacher. Mes yeux parcourent les alentours alors que mon cœur bat à tout rompre : des habitations, des gens affolés en me voyant courir. Il faut dire que, de nos jours, le seul moment où l'on aperçoit quelqu'un filer de la sorte, c'est en réalité une personne qui tente d'échapper aux forces de l'ordre. En général, c'est soit parce qu'elle a volé, soit parce qu'elle a commis l'erreur d'être de la famille proche d'un malade de la fièvre démoniaque.

Mon regard cherche le moindre détail, mais ne trouve rien, rien qui pourrait me venir en aide. Vais-je finir comme tous ces fuyards que j'ai pu voir se faire tuer sans la plus petite émotion de la part de leurs bourreaux ?

Des mères cachent les yeux de leur enfant à mon approche. Qui sait quand ma vie prendra fin ? Il serait dommage de les traumatiser, eux qui sont si jeunes.

Mes poursuivants gagnent du terrain. J'accélère le pas, toujours à la recherche d'une planque, d'un endroit où je pourrais patienter le temps de me faire oublier et de réfléchir à mon avenir, si vraiment il m'en reste un !

Je finis par apercevoir la personne qui me sauvera peut-être la vie.

— Palmyre, ici !

Un vieil ami de mon père me fait signe de venir et soulève une plaque recouvrant un trou présent dans son jardin. Sans tergiverser, je me glisse sous cette trappe, l'homme referme aussitôt le passage derrière moi. Un léger espace me permet d'observer ce qu'il se passe à l'extérieur.

— Dès que tu peux, file dans la forêt, chuchote-t-il.

Tout le monde quitte les lieux, l'endroit devient désert en quelques secondes. Les forces de l'ordre prennent la place des fuyards avant que le vieil homme n'ait eu le temps de partir.

Il ne reste donc plus que cette connaissance et les soldats à ma poursuite pour peupler la rue. Je parviens enfin à reprendre mon souffle tout en regardant la scène qui se déroule sous mes yeux.

L'un des soldats s'approche de l'homme qui m'a aidée et s'adresse à lui d'une voix glaciale et imposante.

— Savez-vous où se trouve la fugitive ? C'est une personne très dangereuse.

— Une fugitive ? Non, ça ne me dit rien, vous m'en voyez navré.

— Je rencontre quelques difficultés à vous croire. Nous l'avons vue se diriger par ici, tout le monde a détalé, sauf vous. Vous l'avez forcément aperçue.

— Non, je vous assure que je n'ai rien…

Avant que mon sauveur n'ait le temps de finir sa phrase, la lame du soldat vient transpercer son abdomen. Il tombe par terre, sa bouche crachant du sang cache maintenant le trou qui me permettait de voir l'extérieur. Mes yeux ne parviennent pas à décrocher de cette vision d'horreur. Mes jambes sont incapables de me tenir plus longtemps et mon corps glisse sur le sol. Je retiens mes sanglots, le moindre bruit de ma part rendrait ce sacrifice inutile.

J'entends les soldats fouiller chaque recoin de la rue, frapper à chaque porte, terroriser les habitants. Par chance, ils ne semblent pas découvrir ma cachette. Cependant, comme si mes yeux me jouaient des tours, j'aperçois au-dessus de l'épaule du cadavre de mon ami la même silhouette présente lorsque je me trouvais encore dans la maison. Je la vois s'approcher du corps sans parvenir à distinguer un visage puis repartir, ne se préoccupant pas de tout ce qui se trame autour de nous.

Après un temps qui me paraît interminable, le silence revient dans l'allée, laissant supposer que mes traqueurs ont quitté les lieux.

J'attends quelques minutes afin d'être sûre que la voie est libre, sors de mon trou en décalant le corps sans vie et cours en direction de la forêt.

L'arche annonçant la fin du village se trouve devant moi. Un sentiment de libération m'envahit quand enfin je la franchis. Le chemin continue tout droit, mais me concernant, je vais à gauche et m'enfonce dans la lisière, utilisant les broussailles pour cacher mon passage.

Une fois loin de la ville, je m'assois au pied d'un arbre et pleure la mort de mes parents, de cet homme qui était un ami de mon père, qui a sacrifié sa vie pour sauver la mienne.

Au bout d'un temps que je ne saurais quantifier, je reviens à moi.

— Je dois partir et trouver un village où vivre en sécurité.

2. ABAKA

— Voilà pour vous, monsieur, rentrez bien.

— Je vous remercie. À bientôt, prenez soin de vous et de votre famille, répond monsieur Jacquet, un vieil homme à l'allure élégante, souffrant de rhumatismes.

— Bonjour, madame, comment puis-je vous être utile ? demande ma maman, s'adressant à la nouvelle cliente qui attend depuis déjà plusieurs minutes.

— Bonjour, voilà quelques jours qu'une toux terriblement douloureuse me gâche la vie, annonce-t-elle, finissant sa phrase en crachant ses poumons, faisant jaillir quelques gouttelettes sanglantes.

— Votre cas est grave, nous allons uniquement pouvoir atténuer vos douleurs, mais cela me paraît trop important pour que nous ayons la capacité de vous soigner. Peut-être pourriez-vous vous déplacer dans une ville plus grande, parfois certains médecins y exercent encore.

— Vous êtes tous plus inutiles les uns que les autres ! fulmine la femme tout en raclant sa gorge avant de quitter l'établissement en furie.

À peine a-t-elle franchi la porte qu'une énième personne entre. C'est un homme à bout de souffle, le front en sueur, mais cela ne semble pas dû à une maladie. Qui est-il ?

— Suis-je... Suis-je bien chez... monsieur et madame... Anderson ? s'enquiert-il.

— Oui, que se passe-t-il ? lui répond maman d'une voix douce.

— Votre réputation se fait entendre dans tout le pays, beaucoup d'habitants dans notre village sont mal-en-point. On m'a envoyé ici pour vous demander de nous venir en aide. Vous êtes notre seul espoir ! Le seigneur a fui avec l'argent au début de l'épidémie, laissant Lintown à l'abandon. Jusque-là, nous avons réussi à chasser les malotrus qui voulaient prendre le contrôle de la commune. Cependant, les attaques se font de plus en plus régulières et la maladie se propage au sein de la population. Nous ne tiendrons plus très longtemps sans soins. Nous avons vraiment besoin de votre aide ! supplie l'homme.

— Ne vous inquiétez pas, nous allons venir vous aider ! annonce ma mère, faisant asseoir le voyageur.

— Abaka, prépare nos affaires, il nous faut des remèdes contre la fièvre, les maux de tête, tout ce qui peut nous être utile contre cette maladie, demande mon père.

— Tout de suite, papa.

Sans perdre une seconde, j'attrape un sac et y glisse tout ce qui pourrait leur servir : des traitements déjà prêts, mais aussi des plantes séchées pour en concocter. Pendant ce temps, il s'occupe de la valise. Je fais le constat qu'il n'y place aucun vêtement m'appartenant.

— Et moi ? Pourquoi ne prépares-tu pas mes affaires ? l'interrogé-je.

— Tu dois rester là. L'endroit où nous allons est dangereux. Des attaques ont souvent lieu. Tu seras beaucoup plus en sécurité ici à gérer l'officine et la boutique. Les habitants de Nidonton requièrent également des soins. Ils compteront sur ta présence durant notre absence.

— Et j'ai besoin de vous, moi ! le supplié-je

— Tu as dix ans, cesses de faire l'enfant. Tu es grand maintenant et tu as des responsabilités !

C'est sur ces paroles que mon père ferme la valise et la transporte vers la calèche avec laquelle ils vont voyager. Il dépose les affaires à l'intérieur, aide maman à monter avant de lui-même entrer.

— Nous serons de retour dans quelques jours, annonce ma mère alors que je lui donne le sac contenant soins et remèdes.

Après ce court échange, ils partent accompagnés de l'homme venu demander leur aide. C'est dans un nuage de poussière créé par le frappement des sabots contre le sol en terre sèche que je vois disparaître le visage de mes parents.

Lors de mon retour, la tête basse, dans la boutique, je constate qu'une dizaine de personnes sont entrées et attendent leurs traitements.

— Bonjour, mon garçon, aurais-tu le remède préparé par tes parents ? Ils m'ont dit de venir le chercher aujourd'hui.

— Avez-vous la note avec son nom, s'il vous plaît ?

— Bien sûr, la voici, acquiesce-t-il.

Le vieillard me tend une feuille qui indique ce dont il a besoin. Je pars dans l'arrière-boutique. Plusieurs sachets en toile sont disposés sur l'étagère destinée aux soins réservés pour les patients.

— Vous êtes monsieur ? demandé-je, hurlant à travers les murs de l'officine.

— Je suis monsieur Imwolf, me répond-il en m'épelant son nom.

J'aperçois le petit sac prévu pour lui. Il semble s'agir d'épervière piloselle, sûrement souffre-t-il d'affection respiratoire ou de diarrhée.

Le traitement en main, je retourne vers le vieillard.

— Cela fera dix jetons d'obsidienne, s'il vous plaît.

— Les voici, dit-il en déposant la monnaie sur le comptoir et en saisissant son remède au passage.

— Soignez-vous bien, et à bientôt.

Une femme du même âge que le patient précédent s'avance.

— Madame, que puis-je pour vous ?

— Je suis atteinte de douleurs abdominales récurrentes, ça ne peut plus durer.

— Très bien, je vous apporte ça de suite.

De retour dans l'arrière-boutique, j'aperçois une bourse dans laquelle se trouve de l'oseille. Une plante dont mes parents auront forcément besoin lors de leur voyage.

J'attrape le contenant, mais aussi quelques tiges de grandes orties et retourne auprès de la femme souffrante.

— Voici de l'ortie, un peu en infusion et ça ira mieux.

— Merci, mon garçon, combien te dois-je ?

— Ça fera sept jetons d'obsidienne.

— En voilà dix, tu peux garder la monnaie pour t'acheter des friandises, annonce-t-elle en posant son argent sur le comptoir d'une main tremblante.

Sans perdre de temps, je saisis les pièces et mon sac, invite tout le monde à quitter la boutique. Je tiens la porte ouverte laissant chacun d'entre eux sortir en râlant contre mon manque de professionnalisme et l'incivisme chez les jeunes.

Une fois tous dehors, je ferme à clé l'officine et me presse en direction de l'écurie. Avec un peu de chance, en partant maintenant, si je trouve un cheval en ville, je parviendrai à les rattraper.

Rapidement, j'arrive face au maquignon et lui explique la situation.

— Désolé, je ne confie pas mes animaux aux gosses.

— Je dois absolument l'avoir pour rejoindre mes parents, ils ont besoin de ce remède.

— Ça ne change pas le fait que tu sois un enfant et que mes bêtes ne sont pas des jouets. Alors, rentre chez toi t'amuser avec tes épées en bois et laisse-moi travailler, gamin.

C'est le cœur plein de rage que je m'éloigne de l'homme, conscient que je ne parviendrai pas à lui faire entendre raison. Jusqu'au moment où j'aperçois une personne quitter à cheval l'écurie à l'opposé du patron.

Une sortie est possible sans passer devant le maquignon ! Sans réfléchir plus longtemps, je tente le coup et m'infiltre à l'intérieur du bâtiment.

Les chevaux attendent sagement d'être sellés. Ayant l'habitude de préparer les montures de mes parents, je place l'équipement sur le dos de l'équidé le plus loin possible du responsable sans me faire voir du palefrenier et m'enfuis avec l'animal, prêt à rejoindre Lintown.

3. SURVIE

Une nouvelle journée commence et un retour au village, aujourd'hui, est impératif. Comme à chaque fois, ça ne sera pas une partie de plaisir, mais il faut y aller. Impossible de savoir combien de temps cela prendra pour trouver des vivres, en espérant que le trajet soit plus fructueux que la dernière fois. Mais d'abord, prenons des forces. Cette pomme fera l'affaire. Je croque quelques morceaux en sortant de mon habitation temporaire. Mes yeux sont éblouis par le soleil qui commence à apparaître entre les arbres, dans un joli ciel bleu et dégagé. Cette journée ne sera peut-être pas si mauvaise en fin de compte. Je lance mon trognon et m'approche de la rivière qui coule paisiblement à quelques mètres.

Je lâche mon arme sur le sol et m'installe à genoux face au fleuve, fais un brin de toilette, et en profite pour me désaltérer. L'eau ruisselante, si fraîche, caresse mon visage marqué par ces six dernières années de voyage et le reflète. Mes cheveux en bataille commencent à être longs, peut-être qu'il faudrait les couper. Ma lame, émoussée par le temps et les entraînements, en main, je me mets debout et l'agite, frappe le vent de quelques mouvements. Mes gestes gagnent en fluidité au fil du temps. Je dois devenir plus forte pour venger mes parents !

Je rejoins un arbre derrière ma demeure et l'utilise comme cible de travail. Mes coups heurtent violemment le feuillu. J'esquive des attaques imaginaires et les contre. J'effectue cet exercice plusieurs minutes, puis range la dague dans son fourreau avant de commencer une course que je fais en longeant la rivière. Sur le chemin, je croise ce garçon à la peau pâle et aux cheveux châtain clair et lisses à hauteur de ses lobes, et aux yeux bleu-saphir. Il a toujours un morceau de tissu rabattu sur la partie inférieure de son visage, noué à l'arrière de son crâne passant au-dessus de ses oreilles. Je ne crois pas l'avoir aperçu une fois sans cette chose. Cette personne, qui, sans savoir pour quelle raison, vient plusieurs fois par semaine me rendre visite.

— Tu vas bien ? me demande-t-il avec un sourire.

Je l'ignore et poursuis ma course.

— Je t'ai apporté des fruits, je vais les poser dans ta tente, ajoute-t-il en négligeant ma froideur.

Je continue mon exercice en m'éloignant de l'eau et du garçon. Je suis un chemin de terre dessiné au sol parmi les branchages et la verdure. En quelques minutes, l'entrée de Bexley se trouve face à moi. Je place ma capuche sur ma tête et remonte mon écharpe devant ma bouche et mon nez.

Je franchis ensuite l'arche indiquant que nous sommes dans le village. Au fil de mes visites, j'y aperçois de moins en moins d'habitants. Une fumée embaume les rues, l'odeur qui l'accompagne est immonde. Les maisons en pierre dans un premier temps grises, pour le peu que je peux le voir, sont en partie recouvertes d'une couche de suie. Les échoppes sont presque toutes fermées, seuls quelques commerçants courageux continuent leur travail. Étonnant qu'ils n'aient pas subi d'attaques de la part de voyous désespérés.

Je marche jusqu'à une demeure abandonnée, j'aperçois au loin une silhouette que je connais que trop bien. Elle s'éloigne du bâtiment à allure lente. Sans perdre de temps, mes jambes se dirigent à toute vitesse en direction de l'ombre. Arrivée à proximité de l'endroit où se trouvait la personne, je me tourne et observe chaque recoin à sa recherche, en vain. À mes pieds, un homme sans vie dégage une légère chaleur, il a été tué il y a peu. Encore une victime de cet être immonde !

Je regagne l'habitation. En y entrant, je reste attentive au moindre danger qui peut se cacher à l'intérieur. Des corps inanimés jonchent le sol, ce spectacle épouvantable est devenu si courant ici.

Je ne prends pas le temps de m'apitoyer sur leurs sorts et me rends immédiatement dans la cuisine. Il doit bien y avoir de quoi manger quelque part.

Inspectant les placards à la recherche d'un peu de nourriture ou de quoi que ce soit qui pourrait m'être utile, je découvre quelques bocaux de légumes qui sont conservés dans du vinaigre, d'autres contiennent du blé. Il y en a trop pour tout transporter à la main, et un tel butin me permettrait de m'alimenter pendant deux, peut-être trois semaines. Il est impensable de partir en laissant ici le moindre vivre. Je fouille la maison à la recherche d'une besace pour y mettre mes trouvailles.

Lors de mon investigation, une porte mène sur ce qui semble être une chambre d'enfant. Je la pousse, et découvre, recroquevillé sur le lit, le corps d'un chérubin en décomposition, serrant une peluche dans ce qu'il reste de ses bras. Le temps me manque pour lui offrir une sépulture digne de ce nom. J'attrape sa couverture et le recouvre complètement, chassant par la même occasion les mouches qui tournoient autour de lui. En sortant de la pièce, je finis par dénicher un sac assez solide pour y transporter mes trouvailles. Je charge la besace en nourriture et quitte rapidement cette maison où l'odeur de mort est insoutenable.

Alors que je passe la porte de la demeure, un homme me fait face. Il est grand, semble affamé, mais vigoureux et agressif malgré cela. Le gaillard me prend de vitesse et m'assène un violent coup de genou dans les côtes, sans me laisser l'occasion de riposter. Mes bras sur la trajectoire de sa frappe me permettent d'amortir le choc qui n'en est pas moins douloureux. Je tombe lentement sur le sol et agrippe la besace avec les dernières forces qu'il me reste, l'empêchant ainsi de me la voler. L'homme me roue de coups, mais ayant besoin de cette nourriture au moins autant que lui, je ne lâche rien et continue de serrer ce sac contre moi au péril de ma vie. Tandis que mes ultimes ressources s'épuisent, une voix familière résonne jusqu'à mes oreilles.

J'émerge soudainement. Le jeune garçon est à mes côtés et garde la besace, veillant sur moi. Mon agresseur gît sur le sol, inerte, une flèche plantée dans le dos.

— Que fais-tu ici ? Pourquoi es-tu venu m'aider ? Et lui ? Que lui est-il arrivé ?

— Il n'a pas supporté la dose de poison présente sur la pointe, et si je n'étais pas intervenu, tu serais morte ! me dit-il sur un ton inquiet.

— Oui et alors ? Si ce n'est pas comme ça, ce sera de cette fichue maladie ! Je n'ai pas besoin de toi, la solitude me convient très bien.

Je me lève, prends la besace qu'il tient dans ses mains. À ce moment, un déchirement me tiraille les entrailles. Quelle poisse ! Avoir enfin de la nourriture et mourir d'une blessure sans avoir le temps d'en profiter. Je me tords de douleur et tombe à genoux, il se précipite pour voir comment je vais.

— Qu'est-ce que tu ne comprends pas dans « va-t'en » ?! hurlé-je.

— Tu es blessée, laisse-moi t'aider, insiste le garçon.

Il me tend la main pour me relever, reprends la besace afin de me soulager tout en me servant de soutien pour marcher. Doucement, nous regagnons ma tente. Une fois à l'intérieur, il me pose sur mon lit et les provisions à côté. Tandis que je m'endors, épuisée par la douleur, le jeune homme quitte ma demeure.

J'ouvre à nouveau les yeux, me redresse et sors. J'aperçois le garçon, il fait macérer des feuilles. Lorsqu'il perçoit ma présence, il fait volte-face et, surpris de me voir, il se lève et s'approche de moi.

— Tu ne devrais pas te déplacer, tu vas aggraver tes blessures.

— Qu'est-ce que tu fais avec ça ? me renseigné-je.

— Je te prépare de quoi te soigner, retourne te coucher, suggère-t-il en m'aidant à repartir dans la tente.

À nouveau dans mon lit, je patiente jusqu'à ce qu'il revienne avec les fameuses feuilles et qu'il les installe sur les plaies. Enfin, il me tend une tasse.

— Bois, c'est une infusion d'églantier et de camomille, ça atténuera tes douleurs. Le cataplasme est fait à base de plantain majeur, il permettra à ton corps de cicatriser plus rapidement, m'informe-t-il.

— Merci beaucoup, mais pourquoi fais-tu tout ça pour moi ? Comment t'appelles-tu ?

— Je suis Abaka. Ma famille aussi a péri de cette maladie. Mes parents étaient des apothicaires assez réputés dans la région. Mon père m'a toujours appris que nous devions venir en aide aux autres en toutes circonstances. Il est décédé en allant avec ma mère dans une province très touchée par la fièvre démoniaque. Et toi, parle-moi de ton histoire.

— Palmyre. Ma famille résidait dans un village loin d'ici, on avait une petite vie tranquille avant tout ça. Quand ils sont morts de cette maladie, je n'ai pas compris pourquoi, moi, j'avais survécu. J'ai choisi de fuir les lieux à la recherche d'un endroit où je serai en sécurité. Quelle blague ! Voilà six ans que je voyage sans réussir à trouver un coin où ma vie n'est pas en danger toutes les cinq minutes.

Je commence à sentir la douleur des hématomes présents au niveau de mon torse s'atténuer. C'est incroyable !

— Quel âge as-tu ? Tu sembles si jeune !

— J'ai seize ans, et toi ? répond le garçon.

— Je vais bientôt en avoir vingt.

Pendant que nous discutons calmement et faisons connaissance, mon ventre crie famine. Abaka, qui était assis à mes côtés, se lève et sort de la tente. Il revient quelques minutes plus tard avec deux petites assiettes contenant des légumes et du blé.

— Merci, mais ne t'imagine pas que c'est parce que tu m'aides que je vais accepter que tu me suives partout ! Comme je te l'ai dit, la solitude me va très bien. J'ai autre chose à faire que passer mon temps à m'inquiéter pour quelqu'un.

— Je t'ai soignée, tu me dois au moins un service ! répond-il avec un sourire.

— Admettons, et qu'attends-tu de moi en échange de ces quelques soins ? Je te le dis directement, je n'ai pas d'argent à te donner.

— Voyageons ensemble ! J'aurai ta protection, et comme tu es majeur, ce que je ne pourrai pas faire, toi, tu le pourras ! En cas de blessure, j'aurai la capacité de te soigner.

— Où veux-tu aller ? lui demandé-je.

— Dans une ville où il sera possible pour moi d'être apothicaire.

— C'est vague ! Pourquoi ne pas reprendre l'officine de tes parents ?

— Lorsque j'y suis retourné, tout le monde nous avait considérés comme morts. Une nouvelle personne occupe le magasin qui est devenu une épicerie.

Nous mangeons tout en continuant notre conversation quand nous sommes interrompus par une voix juvénile à l'extérieur qui crie pour avoir de l'aide. Nous nous empressons d'aller voir ce qu'il se passe. Un jeune enfant court à perdre haleine, hurlant à qui veut l'entendre qu'il a besoin d'aide. Des larmes coulent de ses petits yeux bruns boursouflés par les pleurs. Les cheveux blonds de sa coupe au bol sont collés à son front par la transpiration. Depuis combien de temps court cet enfant ? Nous avançons vers lui et tentons de le calmer.

— Que t'arrive-t-il ? demandé-je.

— S'il vous plaît, aidez mon papa, il ne va pas bien. Au village, personne ne veut nous aider, tout le monde craint de s'approcher de lui, répond le blondinet à bout de souffle et en pleurs.

Nous échangeons un regard avant de continuer :

— Qu'est-ce qu'il a ? Où est ton père ? Montre-nous. Nous allons venir avec toi. Ne t'inquiète pas, le rassure Abaka.

Mon nouveau compagnon de voyage vide la besace et met à l'intérieur toutes sortes de feuilles et de plantes. Nous partons ensuite dans la direction que nous indique l'enfant. Ensemble, nous marchons pendant environ une demi-heure et arrivons vers un petit village. J'enfile ma capuche et remonte mon écharpe devant ma bouche. On ne sait pas si les lieux sont infestés ou non, mieux vaut être prudent.

Nous passons l'arche qui mentionne Midfort. C'est très ressemblant à Bexley, la différence étant qu'il n'y a pas de fumée ni d'odeur nauséabonde. C'est comme si cette partie de la région était protégée de la maladie qui a ravagé mon village. Est-ce une bonne idée dans ce cas de venir ici ? Nous risquerions de tous les contaminer ! Je retire ma capuche, mais garde ma bouche couverte. L'enfant nous invite à entrer dans une maison qui se trouve à l'intérieur du bourg en lisière de forêt. Son père est couché, il semble fiévreux et assez mal-en-point.

— Nous avons de la chance, ce n'est pas la même maladie que nous avons à Bexley ! Fais-moi bouillir de l'eau, exige Abaka.

— Alors, j'ai dit oui pour le voyage ensemble, pas pour te servir de larbin.

— S'il te plaît, il faut vraiment agir vite, sa vie en dépend, continue Abaka.

— Bon, je m'en occupe, capitulé-je en râlant.

Je quitte la pièce, entre dans la cuisine et trouve une casserole que je remplis d'eau avant de la mettre sur le poêle à bois. J'allume le feu, pose un couvercle et retourne dans la chambre.

— Tout se passe bien ? Tu as besoin d'autre chose ?

— Oui, une fois que l'eau est à ébullition, tu y placeras ces plantes. C'est ce qu'il y a de mieux pour lutter contre la fièvre et les maladies.

Il me tend trois bourses, l'une contenant du thym, la deuxième des fleurs de tilleul et la dernière de la camomille. Je retourne en cuisine et surveille l'eau. J'ajoute ce que m'a donné Abaka dès que les premières bulles apparaissent. À côté de ça, je prépare un petit bouillon de légumes avec ce que je trouve. Je filtre l'infusion et apporte les deux liquides près du père de l'enfant.

Abaka prend la tisane et la lui fait doucement boire. Après quelques gorgées, il repose l'homme souffrant et retire les couvertures présentes sur le lit. Il ouvre légèrement la fenêtre afin de refroidir la pièce et le fiévreux. Abaka aide ensuite le malade à avaler le bouillon de légumes.

— Il devrait aller mieux d'ici quelques heures. Tu as bien agi. Comment t'appelles-tu ? lui demande Abaka.

— Je suis Rehan, répond timidement l'enfant.

— Écoute-moi bien, si un jour, tu as le moindre problème, n'hésites pas à venir nous voir, d'accord ?

Le jeune garçon acquiesce d'un mouvement de tête.

Abaka s'approche de moi et murmure :

— Nous allons rester ici, au cas où le traitement ne fonctionnerait pas.

— Évidemment, nous ne pouvons pas le laisser seul ! Mais tu es sûr que ce n'est pas la même maladie ? lui demandé-je.

— Oui, si c'était le cas, il ne serait déjà plus parmi nous.

Je sors de la pièce et fais signe à Rehan de venir avec moi. Nous allons à l'extérieur, j'ai vu un potager en arrivant. Nous allons ramasser quelques légumes frais pour le dîner. Nous rentrons et les préparons ensemble. Ensuite, pendant que je fais cuire le résultat de notre cueillette, l'enfant met la table. Rapidement, nous pouvons commencer le repas.

Cela fait si longtemps que je n'avais pas mangé un vrai plat en famille avec tout le monde assis autour de la table. On en oublierait presque le malheur qui s'abat sur la région.

4. LE PETIT APOTHICAIRE

Après le repas, Rehan va se coucher. Je sors de la maison et me bricole un abri rapide pour passer la nuit. Abaka me rejoint.

— Tu ne préfères pas te reposer à l'intérieur ? Tu auras moins froid, me propose-t-il.

— Ce n'est pas chez nous, et la seule personne qui pourrait se permettre de nous offrir la charité pour cette nuit est dans un état second. De plus, j'ai perdu l'habitude de dormir dans une maison, crois-moi, je suis mieux dehors.

— Soit. C'est ton choix, mais si durant la nuit tu veux venir à l'intérieur, tu peux.

Abaka retourne dans la demeure. Je m'installe dans mon abri de fortune et m'endors paisiblement.

Le matin, j'ouvre les yeux, le soleil est déjà haut dans le ciel. Je me lève rapidement, mon corps me rappelle mes blessures de la veille. J'entre dans la maison, une main posée sur mon abdomen. Abaka me voit et court pour me soutenir, il m'aide à m'asseoir. Il part ensuite, pour revenir les mains chargées de feuilles qu'il a fait macérer.

— Il faut changer ton cataplasme, on aurait dû le faire hier soir.

— Ce n'est rien, ça va passer. Comment se porte son père ? demandé-je.

— Il est réveillé, il va beaucoup mieux, même s'il n'est pas totalement rétabli. Il doit encore se reposer, et toi aussi ! affirme Abaka.

Il commence à retirer la préparation pâteuse de la veille et met de nouvelles feuilles sur les hématomes. Il me donne ensuite une tasse avec de l'infusion.

— C'est la même qu'hier ? demandé-je.

— Oui, après quelques heures, il faut en boire à nouveau pour que la douleur ne revienne pas.

— D'accord, dis-je en soufflant sur le remède pour le refroidir.

Je me relève et pars dans la chambre du malade afin de faire sa connaissance. Son état semble s'être grandement amélioré. Son teint qui était blafard est maintenant clair, des cernes sont présents sous ses yeux bleus sûrement dus à la fatigue provoquée par la lutte contre sa maladie. Ses courts cheveux bruns sont emmêlés. Je me présente à lui :

— Bonjour, monsieur. Je suis Palmyre. Vous avez l'air d'aller mieux.

— Bonjour, tu peux m'appeler Marcel. Effectivement, et c'est grâce à vous. Je ne saurais vous remercier pour ce que vous avez fait pour nous.

— C'est tout naturel, nous ne pouvions pas refuser d'aider votre fils. Il a parcouru une si longue distance pour nous trouver.

— Il m'a dit que, dans notre village, même nos amis nous ont tourné le dos, de peur d'être malades à leur tour.

— En cette période sombre, le monde perd son humanité et je n'y échappe pas. Où est sa maman ?

— Elle est décédée il y a de cela plusieurs années. Sans votre aide, mon fils aurait pu devenir orphelin.

— Je suis heureuse d'avoir empêché une telle chose de se produire. Je retourne au salon. Reposez-vous encore, vous en avez besoin.

Je me tourne et quitte la pièce, Rehan me salue et me prend dans ses bras, un grand sourire dessiné sur le visage. Des larmes coulent le long de ses joues pendant que ses yeux rougis me regardent.

— Merci beaucoup ! C'est grâce à vous qu'il va mieux ! Vous l'avez sauvé ! Vous avez sauvé mon papa !

— Je n'ai pas fait grand-chose, tu sais. Je n'ai fait que suivre les consignes d'Abaka. C'est lui que tu dois remercier.

Je l'enlace en retour, cela fait si longtemps que je n'ai pas vu un enfant sourire. Sa gratitude me va droit au cœur. Comment les amis de la famille ont-ils pu laisser Rehan seul face à la maladie de son père ? C'est si cruel de l'abandonner à son propre sort, ces gens ne méritent pas d'être ami avec une personne aussi exceptionnelle que lui.

— Nous allons rester ici, le temps qu'il soit complètement guéri. Il est hors de question que nous laissions le petit tributaire de ces villageois ! affirmé-je.

— Évidemment, vous viendrez avec moi aujourd'hui, nous irons chercher des plantes tous ensemble. Je vais pouvoir vous apprendre les rudiments concernant la phytothérapie.

— Avec plaisir.

Je fais un sourire à Abaka, attrape la main de l'enfant et le traîne dehors avec moi. Je tourne un peu aux alentours de la maison et scrute le sol des yeux. Rehan me regarde faire avant d'oser m'interroger.

— Que fais-tu, Palmyre ?

— En voilà une ! Je ramasse une longue et belle plume noire. Je cherchais ceci. Viens avec moi, tu verras, on va bien s'amuser !

Je me place dans une parcelle d'herbe et plante l'objet dans la terre avant de collecter quelques cailloux sur le chemin se trouvant non loin de nous. Je m'arrête à un mètre ou deux de la plume, invite Rehan à venir à mes côtés. Je lui donne cinq pierres et en garde autant pour moi. Nous nous assoyons et commençons à lancer nos projectiles, le but étant de les faire atterrir le plus proche possible de la plume.

Nous jouons ainsi pendant un long moment, jusqu'à ce qu'Abaka nous appelle, afin que nous allions chercher des plantes dans la forêt.

Ensemble, nous suivons un petit chemin qui mène dans une étendue verdoyante. Les arbres assombrissent les environs, mais ceci n'empêche pas les plantes de pousser sur le sol fertile. Abaka s'approche d'un feuillu et nous fait signe de venir avant de s'adresser à nous.

— Vous voyez cet arbre, c'est un noisetier. Vous pouvez le reconnaître à ses nombreux troncs et son écorce lisse et claire, mais ce qui va nous intéresser, ce sont ses feuilles. Vous pourrez les distinguer à leur aspect particulier. Le contour est denté, la base est velue et alterne.

— J'aime beaucoup les noisettes, répond Rehan, enjoué.

— Nous allons utiliser les feuilles de noisetier en tisane, continue Abaka. Elles aident à la circulation du sang dans le corps.

Nous en prenons une grande quantité, faisant attention à ne pas cueillir celles qui pourraient abriter des pucerons. Ensuite, Abaka arpente la forêt, en le suivant j'écoute le chant des oiseaux qui me détend. Tout est si calme ici, l'horreur de la ville et de l'épidémie semble si lointaine.

Nous arrivons dans une vaste prairie agrémentée d'un petit lac, toutes sortes de fleurs et de plantes poussent en harmonie dans cet espace vert. On y voit des abeilles, et beaucoup d'insectes. Nous entrons dans ce magnifique coin de verdure, et Abaka s'arrête et nous montre un végétal.

—Admirez cette plante fleurie, c'est de la consoude. Ses feuilles lancéolées nous intéressent. Utilisées en cataplasme, elles soignent les toux sèches, aident à la cicatrisation des plaies, soulagent les entorses et les fractures. Il va nous en falloir beaucoup également.

Nous cueillons encore beaucoup de plantes et de feuilles diverses et variées avant de retourner doucement dans la maison de Rehan. Durant nos longues heures d'absence, le malade s'est rétabli et semble se porter beaucoup mieux. Capable de se tenir sur ses jambes, Marcel nous offre un accueil chaleureux ainsi qu'un copieux repas.

Tous assis autour de la table, la bonne humeur est présente. Nous parlons fort, nous rions, racontons notre journée. Le jeune Rehan parle à son père de ses nouvelles connaissances, qu'il a acquises au cours de la balade en forêt. La nuit tombée, Marcel nous propose de dormir chez lui, ce que nous acceptons. C'est ainsi, couchés dans le salon, que se termine cette agréable journée.

Le lendemain, j'ouvre les yeux, éblouie par le soleil qui fait entrer sa douce chaleur par la fenêtre. Tout juste réveillé, Rehan vient me dire bonjour et me tend une tasse de thé bien chaud. Je m'assois, attrape la boisson, le remercie et commence à boire. Abaka ouvre également les yeux, un sourire dessiné sur son visage, et s'adresse à Marcel qui entre dans la pièce.

— Bonjour, monsieur, merci de votre hospitalité. C'est si agréable de pouvoir dormir confortablement dans une maison.

— C'est tout naturel, mon garçon, après ce que vous avez fait pour nous, je n'allais tout de même pas vous laisser dehors. Prenez votre temps, n'hésitez pas à faire une toilette et à manger avant de repartir.

— Merci beaucoup.

Une fois notre thé terminé, nous allons chacun à notre tour nous nettoyer. Nous saluons ensuite nos hôtes avant notre départ. Rehan, en pleurs, refuse que nous partions, chacun de nous lui fait un câlin en lui promettant de revenir le voir plus tard. Abaka lui donne une partie des plantes récupérées la veille avec une feuille récapitulant comment les utiliser.

Nous passons par le village, un crieur de journaux annonce que l'épidémie touche la capitale. J'attrape le bras d'Abaka et cours discuter avec l'homme.

— Bonjour, monsieur, depuis quand la maladie frappe-t-elle ?

— Le journal annonce depuis quelques jours, mais des rumeurs racontent que cela fait bien plus longtemps, répond l'homme.

— Allons-y ! lui dis-je en montrant le vendeur du doigt.

— Mais pourquoi ? Tu ne trouves pas que l'on a déjà assez de problèmes ici ? En plus, il ne doit sûrement pas y avoir de diligence pour s'y rendre. On en aura pour au moins une semaine en y allant à pied.

— La prochaine diligence qui vous conduira au plus près de la capitale passe ce soir à vingt heures, annonce l'homme.

— On peut vendre des remèdes pour avoir l'argent pour pouvoir la prendre !

— Mais pourquoi souhaites-tu à ce point te rendre dans cet endroit où la maladie risquerait de nous emporter tous les deux ?

— Cette épidémie n'est pas naturelle ! Elle est l'œuvre d'une personne que je recherche, et je veux la retrouver pour venger mes parents. Si tu refuses de venir, j'irai là-bas seule !

— D'accord, allons-y, après tout, rien ne nous retient ici.

Nous concluons ainsi cette conversation, puis nous allons proposer notre aide à chaque maison du village. Nous parvenons à vendre quelques remèdes, ce qui nous rapporte dix-huit jetons d'obsidienne. Cela ne sera clairement pas suffisant pour une diligence se rendant à Lunaris. Nous faisons le choix de retourner à Bexley, s'il y a bien un endroit près d'ici où les habitants ont besoin de soins, c'est là-bas.

Passant devant ma tente, je m'y arrête pour récupérer ma dague, prends une pomme que je mange tout en courant retrouver Abaka. Nous marchons côte à côte jusqu'à Bexley. À l'entrée du village, comme à mon habitude, je place ma capuche sur ma tête et mon écharpe sur la partie inférieure de mon visage.

Nous frappons à la première maison que nous trouvons. La porte s'ouvre sous la main d'Abaka, tandis qu'une odeur pestilentielle me monte au nez. L'habitation semble avoir été dévalisée, les personnes qui y vivaient sont allongées, sans vie, sur le sol. Abaka s'approche d'un corps, il l'examine attentivement, comme si l'odeur ne le dérangeait pas.

— Ils ne sont pas morts de l'épidémie, on les a abattus pour voler leurs biens.

— Comment peux-tu savoir ça ?

— La maladie n'a pas besoin d'une lame pour tuer !

— C'est horrible, il y a déjà tant de victimes, tant de maisons vides à piller. Pourquoi tuer ?

— Sûrement parce que ça annonce de la nourriture fraîche.

— Allons-nous-en d'ici, cette odeur me donne la nausée.

Une fois à l'extérieur, je referme la porte et marche en direction de la prochaine habitation. Abaka frappe à plusieurs reprises, personne ne répond, il appuie sur la poignée, mais c'est verrouillé. Il est étonnant qu'à Bexley, une maison soit encore fermée. Abaka toque plus fort et se met à crier.

— Ouvrez-nous, ne vous inquiétez pas, nous sommes là pour vous aider. Nous avons de quoi atténuer vos douleurs. Ouvrez-nous, s'il vous plaît, laissez-nous entrer.

— Allez-vous-en ! réplique une voix d'homme affaibli à travers la porte.

— J'entre ! annonce Abaka, avant de l'enfoncer.

Nous voyons un vieux monsieur, tenant à peine sur ses jambes, l'une de ses chevilles est blessée et semble infectée. Ce qui n'empêche pas le gaillard de braquer un fusil sur nous. Par réflexe, je lève les mains, mon ami fait de même tout en s'adressant au vieillard.

— Écoutez-moi, j'ai de quoi vous aider. Nous ne sommes pas là pour vous faire du mal. Mes parents étaient des apothicaires qui voyageaient de ville en ville. Ils m'ont tout appris.

— Je ne veux pas de votre aide ! Si vous ne partez pas, je tire ! S'ils voient ma maison ouverte, ils vont venir me tuer pour prendre ma nourriture.

— On veillera à ce que ça n'arrive pas, d'accord ? affirme Abaka.

— Idiots, elle ne se fermera plus jamais, vous l'avez cassée !

— Je peux vous la réparer, lui proposé-je.

— Non, je ne veux pas de votre aide ! hurle l'homme.

— Partons, chuchoté-je à Abaka qui refuse.

— Je ne m'en irai pas d'ici en le laissant sans porte et avec une cheville dans cet état.

Tout d'un coup, le vieil homme semble perdre l'équilibre. Le peu de stabilité qu'il avait vient de le quitter, il chute sur le sol, lâchant son arme.

— Va vite faire chauffer de l'eau pour nettoyer sa plaie.

— Oui, je fais ça tout de suite.

Je trouve un récipient rempli à ras bord. Je sors deux casseroles, j'y transfère le liquide et allume le feu dans le poêle à bois. Pendant ce temps, Abaka couche le vieil homme dans son lit, avant de se lancer à la recherche de tissus.

— Il est brûlant, il doit sûrement être fiévreux. Quand l'eau sera chaude, prépare un cataplasme de consoude et une infusion de bleuet.

— D'accord.

La température monte lentement. En attendant, je m'attelle à la réparation de la porte. Il est évident qu'on sera plus en sécurité en étant enfermés. Je prends quelques outils et rafistole cette planche en bois qui sert de porte à cette maison, je la replace et la verrouille. Je retourne très vite voir mes casseroles, l'eau est enfin à ébullition. Je plonge les feuilles de consoude dans l'une et les bleuets dans l'autre que j'enlève du poêle.

Dix minutes plus tard, je retire les feuilles prévues pour le cataplasme et les laisse refroidir. Je filtre ensuite l'infusion, qui est prête pour notre malade, la verse dans une tasse et l'apporte à Abaka, qui porte doucement le liquide aux lèvres du vieillard. Je lui apporte les feuilles de consoude, posées dans une assiette, ainsi qu'un peu d'eau chaude.

Abaka trempe un linge dans le récipient et nettoie la plaie purulente qu'il recouvre très délicatement avec les feuilles ébouillantées. Le blessé hurle de douleur, mais ne proteste pas. Il semble finalement accepter notre aide. Pendant que nous soignons le malade, des bruits se font entendre à l'extérieur. Que se passe-t-il ? Je regarde par une fenêtre, deux hommes se trouvent sur le palier.

— Ouvre-nous, papy ! Si tu nous ouvres, on ne te fera pas de mal. On a juste besoin de faire le tour de tes biens. Ça serait dommage que l'on te blesse ta deuxième jambe ! hurle l'un d'eux.

— Ils sont de retour ! panique le vieillard.

— Ne vous inquiétez pas, nous allons nous en occuper.

Abaka me tend un tissu soigneusement emballé.

— Applique ça sur la lame de ta dague pour en finir plus vite avec eux.

Je range l'objet dans ma poche, la main posée sur le manche de mon arme. Je fais le tour et sors par une fenêtre arrière de la maison, la contourne et arrive à leur hauteur, dague en main, astiquant la lame avec le tissu que m'a donné Abaka.

L'un d'eux me tourne le dos, tandis que le second frappe la porte en hurlant.

Je m'approche du premier et glisse la lame de ma dague dans sa carotide avec un mouvement net et précis. Un geyser de sang inonde le sol, alors que ma victime tombe inconsciente.

Le second homme se tourne dans ma direction et découvre ce qu'il vient de se passer. Il se précipite vers moi, essaie de me taper, mais j'esquive son coup et lui entaille le bras profondément avec ma dague. De rage, il tente une nouvelle attaque, sa force a grandement diminué. Je parviens sans difficulté à éviter son coup de poing. Un petit croche-pied, et mon assaillant chute, vomissant son dernier repas sur le sol. Je range ma dague et retourne à l'intérieur par la fenêtre que j'ai utilisée pour sortir.

Je vais dans la chambre de notre malade qui semble rassuré et m'adresse à Abaka en lui redonnant son bout de tissu.

— Il y a quoi là-dessus ?

— De la sève présente dans l'aconit tue-loup. Une plante extrêmement toxique. Je t'invite à aller te rincer les mains et nettoyer ta lame, ça pourrait être dangereux.

Je m'aventure dans la cuisine, me lave les mains dans un seau d'eau prévu à cet effet, prends le premier tissu que je trouve et le frotte contre ma lame afin d'y enlever le poison qui la recouvre. L'une des fenêtres me laisse une vue de choix sur mes victimes. Je constate la présence de la même silhouette que précédemment, comme à chaque fois, elle est là, se tenant au-dessus des personnes ayant perdu la vie récemment.

Sans réfléchir, je sors et me dirige vers elle, dague en main, prête à en découdre.

— Et si tu me disais enfin qui tu es. Que je sache ton nom avant de t'abattre.

— Il est encore trop tôt pour ça. Plutôt que de me poursuivre, tu devrais penser à vivre.

Sans prévenir, je tente une attaque que la silhouette évite très facilement.

— Ne rends pas ma tâche plus difficile. En me tuant, ce serait ta propre vie que tu mettrais en danger.

— Tu as pris mes parents ! Qu'importe ce qu'il m'arrive, je continuerai de te traquer.

— J'ai une autre mission, je ne peux rester ici à discuter avec toi.

La silhouette se redresse et disparaît sans un mot. Je me tourne et me retourne, regardant partout autour de moi. Il n'y a plus personne, le village semble soudainement s'être vidé de toute vie. Revenue dans l'habitation, je ne parviens pas à me retirer de la tête cette disparition inhabituelle de ma cible. Comment puis-je l'abattre si elle a la capacité de s'enfuir ainsi ?

Pendant ce temps, le vieillard se remet doucement de ses

émotions. Abaka lui propose de dormir et le prévient qu'il changera le cataplasme dans trois heures.

Nous profitons de la sieste du malade pour continuer le tour du village. Nous trouvons quelques personnes prêtes à donner une fortune contre quelques soins. Alors qu'il est temps de retourner remplacer le bandage du vieil homme, nous avons déjà largement de quoi prendre la diligence.

Arrivé devant la maison de notre premier patient du village, Abaka constate que la porte a été forcée. Il court à l'intérieur, je le suis de près. Nous entrons dans la chambre, nous y découvrons le corps du vieil homme gisant dans son sang. Abaka le recouvre de sa couverture, les larmes coulent le long de ses joues et la rage l'envahit.

— Pourquoi ? Pourquoi avons-nous été suffisamment stupides pour le laisser seul ?

— Si l'on avait été là, ils nous auraient tués aussi, tenté-je de le réconforter.

Abaka s'assoit aux pieds du lit pour reprendre son calme et digérer l'information.

Je fais le tour de la maison, vérifie qu'aucun agresseur n'est encore présent. Ils ont cassé tout ce qui pouvait servir, mais qu'ils ne pouvaient pas emporter avec eux. Il ne reste ni eau ni nourriture, le poêle à bois est en morceau, il n'y a plus rien d'utilisable dans cette maison.

Je retourne dans la chambre, attrape le bras d'Abaka et le force à sortir de l'habitation.

— On ne peut pas rester ici. Viens, allons à Midfort, là-bas, on pourra manger et attendre tranquillement la diligence. C'est trop dangereux de rester ici, on pourrait se faire voler.

Mon compagnon d'infortune me suit de manière nonchalante, je continue de le tirer à l'extérieur du village. Nous marchons silen-cieusement vers Midfort. En chemin, nous allons en forêt, cueillons quelques fruits que nous mangeons sans attendre, allongés sur le sol, on profite de ce temps calme pour se reposer. Une fois notre faim apaisée, et nous un peu plus détendus, nous reprenons la route en direction du village.

Le soleil commence à se coucher quand nous arrivons au point de passage de la diligence. Notre moyen de transport apparaît très rapidement, nous réglons nos places et montons à l'intérieur.

5. ÉTHIQUE OU LÉGALITÉ

Après trois interminables journées de voyage, la diligence arrive au centre de la capitale. Abaka et moi descendons du véhicule.

Les maisons sont immenses comparées à celles qui se trouvent à Bexley ou Midfort, tellement de personnes marchent dans les rues d'une largeur démesurée. Les habitants sont habillés de façon très étrange, les femmes sont vêtues de longues robes très larges et de chapeaux. Les hommes portent des costumes aux vestons tombant étonnamment bas et des couvre-chefs d'une hauteur ridicule. Comment font ces femmes pour cultiver les jardins ? D'ailleurs, où sont les potagers ? Comment se nourrissent-ils ?

Tout est si différent de Bexley, mais les gens ne semblent pas souffrir de l'épidémie. Un frisson me parcourt l'échine, je tourne la tête et aperçois au loin, une personne portant une longue tunique noire munie d'une capuche. Toi ? Ici ? Que fais-tu si loin de Bexley ? Nous avions raison de venir, car c'est à Lunaris que je vais enfin mettre fin à la vie de mon ennemi !

J'entame une course folle, ma dague en main, prête à l'empaler avec ma lame. La silhouette semble me voir, mais continue sa marche à lente allure avant de disparaître derrière des bâtiments.

Arrêté devant une forge, un vieil homme se tient à côté de moi, les cheveux en bataille et une longue barbe, il porte un tablier de cuir et s'adresse à moi.

— Voilà une bien jolie dague, me dit-il en souriant.

— Oui, elle a été forgée par mon père, c'était l'un des meilleurs forgerons du pays, lui affirmé-je en regardant l'objet qui se trouve dans ma main.

— Une épée ne serait-elle pas mieux ? ajouta-t-il.

— Cette dague est le dernier souvenir de lui.

— Comment s'appelait ton père, jeune fille ?

— Harold Wrougton, monsieur, pourquoi cette question ?

— Viens avec moi, propose le vieil homme en entrant dans sa forge.

Suivant le forgeron, je range mon arme dans son fourreau. Un énorme fourneau est allumé. À côté se trouve une enclume avec plusieurs marteaux, des pinces et tout un tas d'autres outils. Voilà bien longtemps que je n'avais pas mis les pieds dans une forge. L'homme s'arrête, empoigne une magnifique épée, et me la tend.

— Tu dois être Palmyre, j'ai beaucoup travaillé avec ton père, et il s'avère que j'avais une dette envers lui. Il m'a sauvé la vie, un gros client avait besoin d'équipement. Il me mettait la pression pour que le travail soit fait rapidement. Je pensais pouvoir respecter les délais, mais je me suis gravement blessé. Ton père a accepté de finir la commande en ne prenant qu'un faible pourcentage de la vente. Il a toujours refusé mon aide en dédommagement.

— Vous avez connu mes parents ?

Parler avec une personne ayant rencontré mes parents, cela fait bien longtemps que ce n'était pas arrivé. Je sens ma gorge se nouer et les larmes couler le long de mes joues. Depuis l'enfance jusqu'à ce jour tragique, je regardais mon père travailler avec attention sur chacune de ses créations. Il est souvent venu en aide à des collègues comme cet homme.

— Que dirais-tu d'une nouvelle lame ? C'est la moindre des choses que je puisse faire pour la fille d'Harold et Louise.

— Vous savez que je n'ai absolument pas les moyens de vous l'acheter ?

— Ce n'est pas un problème, j'insiste pour te l'offrir.

— Pour quelle raison ?

— Personne dans cette ville n'en prendra autant soin que toi.

Je prends l'épée en main et l'admire sous tous les angles.

— C'est une épée forgée par mon père !

— Ses œuvres circulent dans tout le pays, un homme m'a demandé de la restaurer, mais sans jamais venir la rechercher. Il a probablement été tué avant de pouvoir la récupérer.

— Merci beaucoup, mais vous êtes sûr que vous voulez me la donner, je n'ai vraiment pas d'argent.

— Ce n'est pas nécessaire, rassure-toi, maintenant file donc.

Je range ma nouvelle lame et sors de la forge. Quel cadeau magnifique ! Abaka me rejoint.

— Que fais-tu ? Pourquoi es-tu partie si vite ?

— J'ai cru apercevoir quelqu'un que je connais. Allons voir si nous avons la possibilité de vendre quelques remèdes.

— J'ai parlé à un villageois, il m'a dit que les plus touchés par la maladie vivent aux abords de la ville.

Nous nous mettons en route, nous éloignant du centre. Sur le chemin, nous croisons des chasseurs, les bras chargés.

— Cela ne te paraît pas étrange qu'il n'y ait aucun malade au cœur de la ville ?

— Le virus n'a peut-être pas encore eu le temps de se répandre, propose mon compagnon de voyage.

Pendant que nous nous déplaçons, j'aperçois une jeune fille, accompagnée de deux gardes dont les entrailles tapissent le sol. Elle a quelques problèmes avec une personne à l'allure peu fréquentable. Doucement, je me glisse derrière le gaillard et dégaine pour la première fois ma nouvelle épée. L'objet se faufile discrètement au niveau de sa gorge, ses jambes flageolent en sentant la légère pression du métal exercée contre sa carotide.

— Je te propose de garder la tête sur les épaules et de partir sagement. Ta caboche restera en place tant que je ne te vois pas t'en prendre à nouveau à quelqu'un, qu'en dis-tu ?

— D'acc… D'accord, bégaie l'homme avant de s'enfuir.

— Tout va bien ? demandé-je en rangeant ma lame.

— Oui, je vous remercie grandement. Puis-je connaître votre nom ?

— Évidemment. Je suis Palmyre et mon ami là-bas, c'est Abaka, et toi qui es-tu ?

— Tu… Tu ignores qui je suis ? balbutie la jeune femme.

— Comment veux-tu que je le sache ?

— Bien sûr, veuillez me pardonner, je me nomme Constance Choistel.

— Fais attention à toi, j'espère que tu n'habites pas très loin.

— Ne vous inquiétez pas, mon chemin sera sans encombre à l'avenir.

Très vite, je cours rejoindre Abaka et nous continuons notre marche vers les contours de la ville.

— Au fait, tu ne m'avais pas dit que tu avais une nouvelle épée.

— Le forgeron me l'a donnée, elle a été faite par mon père.

— C'est un peu étrange, non ?

— Il avait une dette envers lui et a souhaité la solder en m'offrant cette merveille.

Notre conversation touche à sa fin quand nous constatons l'endroit dans lequel nous nous trouvons. Des petites maisons beaucoup plus rustiques que celles du centre-ville servent d'habitation aux villageois. Ces personnes sont habillées d'une manière ressemblant à celle que nous croisions à Bexley ou à Midfort.

L'affection semble plus présente ici, même si nous n'apercevons aucun malade. Comment peut-il y avoir autant de différence sociale au sein d'une même ville ? Ici, les gens ont faim, vivent dans des conditions douteuses, tandis que, quelques mètres plus loin, les habitants se noient dans le luxe.

Une vieille dame se déplace avec difficulté sur le chemin terreux. Son visage et ses vêtements sont marqués par le temps. Un homme arrive vers elle en courant, il est de taille normale, les cheveux courts et bruns, très probablement un trentenaire. En enlaçant la vieille dame, le paysan l'aide à marcher jusqu'à une habitation très modeste.

En arrière-plan de la maison, j'aperçois un spectacle horrifiant. Plusieurs soldats, vêtus d'une protection au niveau de la bouche, frappent une jeune femme, elle est couchée au sol, rouée de coups. La demoiselle ne se défend pas, restant en boule dans la terre, le visage couvert de sang. Rien ne semble calmer les patrouilleurs, personne n'intervient pour aider l'agressée.

Je cours, plus vite que jamais, bousculant quiconque qui subsisterait sur ma trajectoire. Aucune chose ne m'empêchera d'arrêter ce massacre ! Arrivée à la hauteur des fantassins, j'attire leur attention en hurlant à en perdre ma voix, avant de voir les fusils qui se trouvent dans leurs dos.

— Hey ! Les vauriens, et si vous vous en preniez à quelqu'un qui est apte à se défendre !

— Qu'est-ce qui t'arrive ? Tu veux mourir ? rétorque l'un d'eux sans m'accorder plus d'importance.

— Lâchez-la, avant que ma lame vous transperce !

— Ne t'inquiète pas, tu vas la suivre. Si tu es suffisamment stupide pour lui venir en aide, tu mérites de périr comme ces insupportables grabataires.

Autour de nous, tout le monde est figé, tous nous regardent fixement, les yeux écarquillés. Un jeune homme s'approche de moi et me parle en chuchotant.

— Que faites-vous ? Vous semblez forte et en bonne santé, ne gâchez pas ça en vous retrouvant avec eux.

— Qui « eux » ?

— Les malades ! Vous n'êtes pas d'ici, je me trompe ?

— Absolument pas, mais vous êtes en train de me dire que tous les malades subissent ce sort ?!

— Venez avec moi, ne restez pas là, vous allez être fusillée et ce n'est pas cela qui va venir en aide à cette femme. Ne vous en faites pas, ils ne vont pas la tuer, contrairement à vous.

C'est avec tristesse que je me résous à suivre ce jeune homme. Je m'éloigne lentement, sous les cris de la femme qui appelle à l'aide. Des frissons me parcourent l'échine, des larmes me montent aux yeux. Comment est-il possible de laisser une telle chose se produire, simplement par la peur de la mort ? Depuis quand l'éventualité de quitter ce monde m'effraie-t-elle ?

Abaka accourt vers nous, un air inquiet sur le visage.

— Qu'est-ce qui t'a pris de faire ça ? Tu pensais vraiment pouvoir affronter à toi seule cinq soldats armés de fusils, avec ta petite épée ? Merci beaucoup de l'avoir raisonnée.

— C'est tout naturel et je la comprends, la première fois que l'on assiste à ce genre de scène, on cherche toujours à agir. Un grand nombre de personnes y ont laissé leur vie en voulant venir en aide aux malades.

— Pardon ? Cette femme se fait frapper parce qu'elle est tombée malade ? s'indigne Abaka.

— Avec la fièvre démoniaque, les soldats ne prennent pas de risque. Après cela, elle sera jetée hors du village.

Pendant que les deux garçons discutent, mon regard se pose sur les hommes traînant la jeune femme, inconsciente, le visage couvert de sang, de larmes et de blessures, le long des rues.

— Allons-y ! Si l'on veut savoir où sont les malades, c'est le moment ou jamais.

— Tu as raison, ne perdons pas de temps.

Nous saluons le villageois et suivons en toute discrétion les soldats à travers les rues de Lunaris. Très vite, la sortie de la ville est visible, l'escouade jette la jeune femme à l'extérieur de la capitale, avant de revenir sur leurs pas.

Abaka et moi nous cachons dans un recoin sombre entre deux habitations. Une fois les soldats plus loin, je monte mon écharpe afin de couvrir mon visage et, sans attendre, je commence à courir pour rattraper celle qui a servi de souffre-douleur. Couchée au sol, elle ne bouge plus. À ses côtés, Abaka et moi la portons, il faut absolument l'éloigner d'ici, au risque que quelqu'un s'en prenne encore à elle.

Suffisamment à l'écart, nous posons la blessée avec délicatesse sur le sol aux abords d'un petit ruisseau. Pendant qu'Abaka s'occupe de nous fabriquer un abri et d'allumer un feu, je déchire mon pantalon, le trempe dans l'eau et m'applique à nettoyer son visage et ses plaies. C'est après un long moment que la jeune femme ouvre légèrement ses yeux meurtris, à peine m'aperçoit-elle, qu'elle est prise de panique.

— Non, non, ne t'inquiète pas. Nous sommes là pour t'aider, on ne te fera pas de mal.

— Mais… Je suis malade !

— On le sait, nous t'avons ramassée, après que les soldats t'ont laissée inconsciente hors de la ville.

— Oh, tu es la fille qui s'est interposée ?

— Oui, désolée de ne pas avoir été plus loin qu'une simple intervention.

— Ne t'excuse pas, tu serais morte à l'heure qu'il est, et moi aussi. Merci beaucoup pour ton aide.

— Comment t'appelles-tu ?

— Mélusine, et toi ?

— Palmyre.

L'abri étant terminé, nous préparons un petit repas et mangeons ensemble au bord de l'eau dans une ambiance sereine avant de nous glisser dans notre humble logement.

Le soleil se lève dans le ciel bleu exempt de nuage. Celui-ci pénètre dans notre refuge, alors que j'ouvre lentement les yeux. À mon réveil, Mélusine et Abaka dorment encore. Je quitte l'abri, retire mon écharpe de mon visage et me rafraîchis au bord du ruisseau avant de m'aventurer dans l'eau.

Tandis que je profite de ma baignade, j'entends Abaka m'appeler, sa voix se veut peu rassurante. J'émerge immédiatement de l'eau et cours le retrouver.

— Elle n'a pas survécu, annonce l'apothicaire.

— Comment ça elle n'a pas survécu ? Elle dort tout simplement !

Je la secoue, tentant de la réveiller, mais peu importe la violence avec laquelle j'essaie de la sortir de son sommeil, elle reste endormie.

Cette scène qui me rappelle la mort de mes parents fait monter mes larmes, et un soupçon de panique s'empare de moi, comme si j'allais revivre le cauchemar de ce fameux jour. Mon corps hésite entre rester ici, mettant fin à tout espoir de vengeance, et aller directement faire justice en tuant ces soldats qui l'ont assassinée.

— C'est la maladie ou les coups ? l'interrogé-je.

— Là, comme ça, c'est compliqué à dire, Palmyre. Il faudrait estimer les dégâts internes qu'ont causés les coups qu'elle a reçus.

— Je ne vais pas laisser ça impuni !

— Tu t'entends ! La seule chose que tu vas faire, c'est mourir ! Et tu veux savoir une chose : ça ne la ramènera pas à la vie ! Alors, tu vas venir avec moi et on va partir à la recherche de l'endroit où se trouvent les malades, crache Abaka.

— On dirait que ça ne te fait rien ! Ils tuent, tout le temps ! N'importe qui ! N'importe quand ! Un nez qui coule et tu finis avec une balle dans la tête, et tu veux qu'on reste là à tolérer ça !

— On ne peut plus rien pour elle, Palmyre. Autant se concentrer sur ceux qu'on peut aider ! À quel moment peux-tu croire que je ne ressens rien quand je perds une patiente ?

Un silence s'installe en nous faisant redescendre en pression. Ce calme ambiant permet à chacun de retrouver ses esprits. C'est dans un mutisme absolu que nous faisons une sépulture pour Mélusine avant de nous mettre en route vers le sud.

Après une heure de marche, notre besace contient de quoi se faire un peu d'argent. Nous arrivons aux abords d'un baraquement où plusieurs familles semblent vivre. Je tape gentiment l'épaule de mon acolyte et lui indique le village. Peut-être est-ce le lieu où résident les malades ? Qu'importe, il est tout de même possible que quelqu'un sache où se situe le campement des personnes ayant été chassées de la capitale. Abaka me suit donc en direction de l'endroit.

Ce campement est un regroupement de maisonnettes. Ces demeures sont tout juste plus confortables que l'abri que nous avons construit, mais légèrement plus solides. Au centre se trouve un étang autour duquel est improvisé un petit marché où quelques voyageurs ont installé des stands de fortune pour y vendre toutes sortes de choses.

Les marchands itinérants nous proposent des objets en tout genre, l'un d'eux écoule des fruits et légumes, un autre fournit ce qu'il faut pour chasser et pêcher, un autre voyageur offre directement le gibier. Personne ne semble distribuer de remèdes, peut-être pourrions-nous rester ici quelques jours pour rejoindre cette communauté de voyageurs. Abaka s'approche du vendeur de fruits et légumes et commence à lui parler.

— Bonjour, l'ami, j'ai besoin d'informations, pourrais-tu m'aider ?

— Je le peux, c'est évident, gamin, mais cela ne sera pas gratuit, si tu vois ce que je veux dire, répond le vendeur, un sourire sur le visage, frottant son pouce et son index l'un contre l'autre.

— Je n'ai pas de quoi t'acheter quoi que ce soit. En revanche, étant fils d'un couple d'apothicaires, je peux te fournir le remède de ton choix.

— Qu'est-ce qu'un fils d'apothicaire ferait ici ?

— Je voyage beaucoup, mes parents m'ont tout appris. De quoi souffres-tu ?

— As-tu quelque chose contre la fièvre ? C'est l'un des premiers symptômes de la maladie qui tourne en ce moment.

— Évidemment, quel genre d'apothicaire serais-je si je n'avais pas quelque chose d'aussi basique ?! Voici des fleurs de bleuet des champs, les manger fait baisser la température.

— Je t'écoute, de quelles informations as-tu besoin ?

— Nous sommes à la recherche du campement où vivent les personnes malades expulsées de Lunaris. L'avez-vous vu ?

— Il y a des baraquements un peu partout, gamin, les malades sont chassés de toutes les villes.

— En tant que fils d'apothicaire, je cherche des malades. Où puis-je en trouver ?

— D'accord. Si j'ai bien compris, l'île de Carlisle est dévastée par la maladie, il paraît que plus rien n'y pousse. Vous pouvez vous y rendre en prenant le bateau à Swanford.

— Merci beaucoup.

Abaka fait demi-tour, une fois éloigné du vendeur, il s'adresse à moi.

— Il va nous falloir de l'argent pour monter à bord. On doit trouver un endroit avec du passage pour y vendre des remèdes.

— Effectivement, je propose que nous restions ici. Avec tous les marchands présents, je pense que des gens doivent venir régulièrement faire leurs courses dans le coin.

Abaka sort sa couverture, l'installe sur le sol terreux, pose dessus quelques bourses contenant les plantes que nous avons cueillies en chemin et celles venant de Bexley qu'on ne trouve pas ici. Dans une situation sanitaire comme la nôtre, on n'a jamais trop de plantes médicinales.

Nous nous assoyons et attendons l'arrivée de potentiels clients. Après quelques minutes, l'un des marchands s'approche de nous, il observe attentivement notre couverture avant de s'adresser à nous.

— Qu'est-ce que vous vendez, les enfants ? demande-t-il avec un sourire.

— Des plantes et des remèdes. Si vous souffrez, j'ai de quoi vous soigner.

— Oh, vous êtes ici pour aider vos parents !

Abaka et moi échangeons un regard, forcément des remèdes vendus par de vrais apothicaires sont beaucoup plus sûrs que ceux faits par des adolescents perdus.

— Oui, c'est exact. Ils m'ont envoyé ici, avec ma sœur, pour proposer ce qu'eux récoltent et préparent.

— C'est intéressant, mais ils ne craignent pas qu'il vous arrive quelque chose ? Surtout dans cette période où les gens semblent perdre la tête.

— Ma sœur est très douée avec une épée et, moi, j'ai de quoi terrasser un monstre dans ma besace. Si une personne souhaite s'en prendre à nous, c'est qu'elle a envie de mettre fin à ses jours.

L'homme entendant ça, son visage souriant change, il se ferme. Ses dents apparentes qui symbolisaient la joie il y a encore quelques secondes montrent maintenant de la colère et du mépris.

Une fois de plus, Abaka et moi échangeons un regard, mais qui se veut perplexe cette fois-ci. Je pose ma main sur la garde de mon épée, prête à dégainer au moindre signe de danger. Pour quelle raison cet homme a-t-il réagi ainsi ? Que compte-t-il faire ?

Le vendeur étrange disparaît dans la foule qui s'est formée le temps de notre courte discussion. Quelques personnes commencent à s'approcher de nous et posent des questions à Abaka concernant ses produits. Les ventes explosent, les gens dépensent une fortune en ce moment pour augmenter leur chance de survie ou, au moins, atténuer leurs souffrances s'ils attrapent la fièvre du démon.

Antidouleur, booster de système immunitaire, fébrifuge, tout part très vite. Les gens se bousculent autour de notre stand dans l'espoir d'avoir la possibilité de nous acheter ce dont ils ont besoin. Cependant, un homme faiblard et âgé parvient à se frayer un chemin à travers la foule, sa demande est très spéciale.

— Mon garçon, que peux-tu me vendre pour abréger mes souffrances ?

— De quoi avez-vous besoin ? J'ai ce qu'il faut pour lutter contre la fièvre, de quoi soulager les rhumatismes et plein d'autres choses encore.

— C'est à une autre façon de mettre fin à mes douleurs que je pensais.

— Je vois, monsieur, votre demande est assez particulière. Êtes-vous sûr que c'est ce que vous souhaitez ?

— Oui, mon enfant, on ne peut plus sûr !

— Revenez plus tard et l'on en discutera.

— J'ai de quoi vous payer, assure le vieil homme en tendant une main remplie de jetons.

Surpris et inquiet, Abaka se lève à toute vitesse et se précipite sur l'homme âgé, cachant son argent et le forçant à tout ranger.

— Ne sortez pas ça ici, pas comme ça ! On pourrait vous agresser pour vous voler, lui chuchote-t-il.

— Vendez-moi ce dont j'ai besoin !

— Je vous promets que l'on voit ça ensemble après, d'accord ?

— Les jeunes de nos jours ne savent plus travailler correctement, rouspète le vieil homme.

Abaka reprend sa place à mes côtés et continue de vendre. Rapidement, tout le stock d'antidouleurs et divers remèdes en tout genre sont écoulés. Les gens commencent lentement à s'éloigner et vont voir ce que proposent les autres marchands.

Nous retournons voir le vieil homme à la demande délicate.

— Monsieur, si vous le souhaitez, je suis maintenant disponible pour vous parler et possiblement répondre à votre requête.

— J'ai ce qu'il me faut, gamin, rétorque l'homme, une arme à feu dans les mains.

Abaka n'a pas le temps de réagir que son interlocuteur porte le canon sur sa tempe et tire. Le corps inerte tombe au sol, faisant voler un mélange de sable et de terre autour de lui, alors que son sang se répand jusqu'à nos pieds.

Mon visage se fige, des larmes me montent aux yeux alors que mon cœur bat à tout rompre, ma poitrine se serre, une sensation d'étouffement m'envahit, tandis que mon corps est pris de tremblements. Abaka se tourne vers moi et attrape mes épaules.

— Tout va bien, Palmyre ? Qu'est-ce qui t'arrive ?

Tandis que je suis dans l'incapacité de parler, des souvenirs me reviennent en tête. Je revois le visage de cet homme, les paupières grandes ouvertes et sans vie me fixant alors que les forces de l'ordre veulent ma peau. Abaka m'éloigne du cadavre et m'aide à m'asseoir. La foule est en panique, tout le monde hurle, court de manière frénétique et désorientée. L'une des personnes en panique bouscule violemment Abaka qui fait tomber la bourse pleine des jetons d'obsidienne récupérés lors des ventes. Elle est malheureusement très vite ramassée par un voleur qui s'enfuit en courant. Pendant ce temps, mon ami fait de son mieux pour me calmer, comme s'il ne se souciait pas de l'obsidienne que nous venons de perdre.

— Respire doucement, tout va bien se passer, c'est rien, ne t'inquiète pas. Cet homme souhaitait mourir, on n'aurait pas pu l'en empêcher, chuchote-t-il en me serrant dans ses bras, effectuant un léger mouvement de balancier.

— Elle va bien ? demande une femme étrangement sereine.

— Oui, ne vous inquiétez pas, vous sauriez où sont envoyés les malades de Lunaris ? répond Abaka.

— Bien sûr, nous venons tous de là-bas. Suivez le groupe et vous trouverez.

— Vraiment ? Mais vous n'avez pas l'air souffrante !

— Depuis le début de l'épidémie, tout malade, même si cela n'a rien à voir avec la fièvre du démon, est exclu de Lunaris.

— C'est terrible !

— Ce n'est pas moi qui vais vous contredire.

— Tu es en état de marcher ? demande Abaka en posant son regard sur moi.

J'acquiesce d'un hochement de tête, il m'aide à me relever et nous prenons la route, suivant la dame et un groupe de personnes aux bras chargés de provisions.

C'est après une demi-heure de marche que nous apercevons un ancien village, sans doute anéanti par la maladie. Sur une vieille pancarte, il est légèrement lisible « Bluefield », les maisons sont noircies par la fumée, la plupart ne sont pas entièrement couvertes d'un toit et les portes sont très souvent dégondées. Non loin de là, à l'extérieur du bourg, un immense feu rend l'air irrespirable par l'odeur nauséabonde qu'il dégage.

— Que brûlez-vous ? demandé-je en toussant.

— Les corps des personnes décédées. Nous ne pouvons pas nous permettre d'avoir des cadavres infectés en décomposition dans le village.

Je place mon écharpe sur le bas de mon visage pour me protéger au mieux des particules volantes dans le village et de l'odeur. Je promets de tuer cette personne responsable de la mort de mes parents et qui semble aimer ce genre de spectacle.

Toutes sortes d'individus vivent ici, des jeunes et des plus vieux, mais beaucoup ont un point commun : ils sont malades. Certains plus que d'autres. Quelques-uns parviennent à être en bonne santé, sûrement sont-ils de la famille des contaminés. Les hommes aptes aux travaux manuels réparent et restaurent les toitures et les portes. Pendant ce temps, les femmes cultivent les fruits et légumes, et les enfants, trop jeunes pour aider, restent avec les personnes âgées.

— Qu'allons-nous faire ? Nous n'avons plus rien pour les soigner !

— Je vais tenter de préparer quelque chose avec ce qu'il me reste.

Abaka s'éloigne avec la besace et me laisse seule dans ce petit village où tout le monde semble avoir sa place. Je choisis de me rendre utile à mon tour. Un morceau de bois en main, j'entre dans une maison et monte les escaliers fragilisés. Un homme dans les combles me débarrasse de ce que j'ai dans les bras avant de s'adresser à moi.

— Merci, mais que fais-tu ici ? Les femmes et les enfants, c'est dans les champs.

— Je serai bien plus utile ici !

— Ça, ce n'est pas mon problème, les femmes n'ont rien à faire dans les chantiers de construction. Tu es trop fragile, on ne veut pas de quelqu'un qui va pleurnicher au moindre bobo.

— Tu veux qu'on voie ensemble qui de nous deux est le plus fragile ? lui rétorqué-je, la main sur la garde de mon épée.

— Qu'est-ce qu'une gamine de ton âge fait avec une lame ?

— Ça, c'est pas ton problème, mais le mien, une fois de plus ! Mais sache que je sais m'en servir.

— Désolé, mais une femme n'a vraiment rien à faire ici. C'est pas contre toi, mais tu ne peux pas rester là.

— Ne tombe jamais malade, c'est pas contre toi, mais mon travail ne sera pas de te soigner.

— De quoi parles-tu ?

— Tu le découvriras plus tard.

Je me retourne et descends les escaliers. Une fois dehors, mon regard se porte sur ce qui m'entoure. Abaka revient vers moi, un air triste sur son visage.

— Je ne peux rien faire pour eux, allons-nous-en.

— Comment ça tu ne peux rien pour eux ?

— Je n'ai pas assez de plantes et il n'y a rien aux alentours du village.

— Où veux-tu qu'on aille ?

— Prenons la route vers Swanford et trouvons de quoi manger en chemin.

C'est donc ensemble que nous quittons le village, le laissant à son triste sort et nous dirigeant vers la ville portuaire.

6. UN AUTRE MONDE

Nous prenons la route en direction de cette nouvelle ville, le chemin sera long, c'est à coup sûr l'occasion de faire le plein de plantes médicinales. Au fil de nos pas, nous nous éloignons de Bluefield et de ses ruines. L'ambiance anxiogène qui enveloppe le lieu disparaît. Le paysage s'éclaircit au fur et à mesure que nous nous écartons de ce qu'il reste de la ville que nous avons quittée. Une aura plane autour du village comme si une malédiction l'entourait et le condamnait. Tout devient coloré, le soleil nous tient compagnie et rend le voyage beaucoup plus agréable par sa douce chaleur.

Sur le chemin, de la verdure pousse, mais rien d'utile, seules quelques mauvaises herbes ou plantes qui n'ont absolument aucun intérêt médicinal ou gustatif trouvent la vie dans ces contrées désolées.

C'est après une bonne heure de marche que nous arrivons à l'entrée d'une forêt, il y aura forcément ce qu'il nous faut ici ! Au fur et à mesure que nous pénétrons dans la futaie, le soleil qui, jusque-là, était un fidèle allié disparaît, nous abandonnant donc à la fraîcheur des arbres et au vent qui parcourt ma peau et me fait frissonner. Sortis du sentier, nous commençons à apercevoir les plantes dont nous avons besoin, c'est ainsi que nous faisons le choix judicieux de se séparer, couvrant de cette façon une surface plus large en un minimum de temps.

En cherchant des plantes médicinales, je cherche également de quoi manger. Mon dernier repas date un peu, et mon estomac me le rappelle avec des gargouillis désagréables. Quelques arbustes gorgés de myrtilles m'attirent, c'est avec plusieurs dizaines de fruits que je repars, essayant de repérer un endroit confortable où m'asseoir pour y déguster mes baies. Très vite, Abaka me retrouve et se joint à moi pour manger.

— J'ai vu un petit ruisseau non loin d'ici. On devrait pouvoir y étancher notre soif !

— Excellente idée, qu'as-tu trouvé pour les remèdes ?

– Un peu de tout. Cette forêt est peuplée de tant d'espèces de plantes parfaites pour faire des soins, c'est impressionnant.

— C'est parfait pour nous, je me réjouis.

Après ce repas, nous marchons donc en direction de la rivière. Rapidement, je peux entendre le paisible clapotis de l'eau qui se mêle au chant des oiseaux.

Au bord du ruisseau, je me penche, plonge mes mains dans le liquide froid qui file entre mes doigts, me désaltère et en profite pour me rincer la figure, quand je sens quelque chose me pousser en avant.

Dans l'eau, je remonte à la surface et vois Abaka rire, un grand sourire dessiné sur son visage avant de me rejoindre, faisant un saut dans la rivière.

— Rafraîchissons-nous avant de continuer notre chemin, propose mon ami.

— Tu as raison, l'eau est à la température idéale.

Des voyageurs à cheval approchent. Ils sont deux au bord de l'eau, les cavaliers descendent de leurs montures qui se ruent dans le ruisseau, buvant et pataugeant.

— Où allez-vous, camarades ? demande l'un d'eux.

— À Swanford, lui réponds-je.

— Pour quelle raison ? Si je peux me permettre de vous poser la question.

— Nous souhaitons nous rendre sur l'île de Carlisle, continue Abaka. Et vous ?

— En tant que vendeurs itinérants, notre vie se fait sur la route, mais il se trouve que nous nous dirigeons également vers Swanford. Mais où sont donc vos chevaux ? demande le voyageur.

— Nous n'en avons pas, précise Abaka.

— Alors, comment comptez-vous parvenir à Swanford sans monture ?

— À pied, réponds-je d'un air étonné.

— Mais vous mourrez en chemin ! Je vous propose de faire la route avec nous, contre quelques jetons d'obsidienne évidemment, dit-il, un sourire sur le visage, frottant frénétiquement son pouce et son index l'un contre l'autre.

Abaka et moi échangeons un regard, que faire ? Ces personnes sont des inconnus, mais à cheval nous serons très vite à Swanford.

— Combien a-t-on d'argent ? chuchoté-je à Abaka.

— Il doit nous rester environ une vingtaine de jetons d'obsidienne.

— On fait quoi ? On accepte ou pas ? demandé-je.

— Ça serait bien, nous serions à Swanford très rapidement, murmure Abaka.

— Mais on ne connaît pas ces gens, et le monde est devenu fou. Ils pourraient très bien nous emmener dans un coin perdu, nous tuer et nous voler.

— Pourquoi ne pas le faire ici directement dans ce cas ?

— Il semblerait que des personnes s'arrêtent souvent ici, ils pourraient être dérangés.

Un silence gênant s'installe tandis que nos yeux se posent sur les voyageurs qui attendent notre réponse.

— Allons avec eux, mais garde ça à portée de main au cas où l'on aurait des problèmes ! suggère Abaka.

Mon ami me donne alors un chiffon couvert d'une substance dont j'ignore tout. Il attrape ensuite les quelques jetons d'obsidiennes qu'il nous reste et les lances aux voyageurs.

— Entendu, nous venons avec vous ! affirme Abaka.

— Une vingtaine de jetons ? Ça devrait être suffisant, sourit le voyageur en comptant l'argent qu'il vient de recevoir.

Je fourre le morceau de tissu dans ma poche, monte sur le cheval tandis qu'Abaka prend place sur la monture du second voyageur. Mes mains accrochées aux hanches du marchand itinérant, je cale mes mouvements sur ceux de l'animal qui commence à galoper. Nous avançons à une vitesse folle, direction Swanford.

C'est après un trajet de plusieurs heures que nous arrivons dans la ville portuaire de la région. L'air ambiant a changé, il est beaucoup plus humide et chaud. Le monde circule, tous semblent heureux, une odeur de poisson flotte dans l'atmosphère et embaume la ville entière. Les habitants parlent fort et respirent la joie de vivre, j'ai l'impression d'être arrivée dans un autre pays. Le sable de la mer s'étend partout sur le sol du village. Déambulant dans les rues, nous constatons l'absence de malades, et un grand nombre de petits magasins tenus par des médecins et apothicaires. C'est au centre-ville que notre chemin se sépare de celui des voyageurs. Assoiffés par la chaleur étouffante de la région, nous posons notre regard sur ce qui se trouve autour de nous, à la recherche d'un endroit où nous pourrions avoir quelque chose à boire. Cependant, rien ne semble répondre à notre besoin. Effectivement, sans argent, il est compliqué de se procurer quoi que ce soit !

Nous apercevons un bar et faisons le choix d'y entrer. Peut-être que le gérant acceptera de nous faire cadeau d'un peu d'eau.

Poussant la porte, nous découvrons une salle à l'odeur particulière. Beaucoup d'hommes sont présents, assis à table avec une chope de bière à la main. Tous parlent fort et rient bruyamment comme si le monde leur appartenait. Timidement, je m'avance jusqu'au comptoir derrière lequel se tient le chef de l'établissement, qui essuie un verre avec un vieux chiffon sale.

— Qu'est-ce que je peux faire pour vous aider, les mioches ? demande-t-il d'une voix puissante avec un fort accent.

— Nous aimerions un peu d'eau, s'il vous plaît, mais nous n'avons pas d'argent, l'informé-je.

— Où sont vos parents ?

J'adresse un regard à Abaka, ne sachant quoi répondre.

— Ils sont morts, notre village a été complètement dévasté par la maladie et nous avons décidé de fuir pour ne pas périr à notre tour.

Tandis qu'Abaka raconte notre nouvelle histoire, les hommes en salle qui étaient bruyants jusqu'alors se sont soudain tus pour écouter notre vie. Pour je ne sais quelle raison, tous s'intéressent à ce que nous avons vécu, l'un d'eux se lève et rejoint la conversation.

— Sers-les, je vais payer !

— Merci, monsieur.

Mon visage s'étire dans un sourire sincère. La personne au comptoir s'exécute et nous donne deux verres remplis d'une eau fraîche. Le client sort quelques jetons d'obsidienne et les lance sur le bar. Goulûment, j'avale la boisson et discute avec l'homme pendant qu'il continue son travail.

— Où comptez-vous aller seuls et sans argent ?

— Nous nous rendons à Carlisle, annonce Abaka.

Alors que ces mots sont prononcés, tout le monde semble prendre peur dans l'établissement.

— Les enfants, c'est dangereux d'aller là-bas ! Plus personne ne veut y aller. L'endroit est devenu si sinistre et le voyage si hasardeux qu'il n'y a plus qu'un seul bateau qui conduit à cette île maudite, prévient l'un des clients.

— C'est exactement pour cette raison que nous souhaitons nous y rendre, affirme Abaka, un sourire aux lèvres.

— Le navire pour Carlisle arrivera au port après-demain dans la matinée. Il vous faudra quarante jetons d'obsidienne par personne pour embarquer, annonce un homme, très calmement.

Abaka et moi échangeons un regard, c'est une immense somme ! Comment allons-nous nous la procurer, sachant qu'ici le commerce sera dur ; il n'y a que peu de malades et, anormalement, beaucoup de concurrence.

— Nous pouvons trouver un travail, proposé-je.

— Excellente idée, ça ne doit pas manquer dans le coin, on pourrait aussi essayer de vendre nos plantes aux apothicaires de la ville !

Nous sortons de la taverne et arpentons les chemins, passant devant les enseignes. C'est après plusieurs pâtés de maisons que nous avons enfin le courage d'entrer dans la boutique d'un collègue.

Abaka prend une grande inspiration et pousse la porte grinçante de l'échoppe. Nous voyons un homme qui se tient debout, dos à nous, derrière un comptoir. Des bouteilles et fioles en tout genre occupent les étagères fixées aux murs.

C'est en entendant l'ouverture de la porte que l'apothicaire se retourne, les lunettes posées sur son nez cachent ses cernes, son visage affiche une fatigue extrême. Son regard interrogateur s'arrête sur nous, l'homme nous dévisage tout en retirant ses verres.

— Que voulez-vous ? demande-t-il d'une voix beaucoup trop rauque pour être naturelle en portant à sa bouche ce qui ressemble à une grosse cigarette.

— Nous venons vous proposer de nous acheter quelques plantes ramassées lors de notre voyage.

— Comment pouvez-vous être sûrs que ces plantes vont m'intéresser ? Désolé, mais je suis un pharmacien. Je n'ai pas de temps à perdre avec des enfants, répond l'homme d'un air hautain, replaçant ses lunettes sur son nez et nous tournant le dos à nouveau.

Abaka attrape la besace, avance rapidement et vide le contenu de notre sac. Les plantes tombent sur le comptoir, l'apothicaire fait volte-face. Ses yeux posés sur notre marchandise font changer l'expression de son visage. Un sourire se tisse sur sa mine qui était fermée jusque-là.

— Voilà ce que nous avons, mais si vraiment cela ne vous convient pas, je range tout. Votre confrère de la rue d'à côté sera sûrement moins difficile, annonce Abaka en remettant la marchandise dans la besace.

— Non, c'est d'accord ! Je veux bien faire affaire avec vous. Quelle somme souhaitez-vous pour ce spécimen ? demande le scientifique, tenant dans ses mains de l'angélique des bois que nous avons cueillie au début de notre voyage. C'est une plante qu'on trouve en abondance vers Bexley, mais très rare dans ce coin du pays.

— Soixante jetons ! Cinquante pour la plante et dix pour le transport ! Nous ne prendrons pas moins, d'autant plus qu'il s'agit d'une espèce peu courante, interviens-je sans laisser à mon ami le temps de réagir.

— Vous êtes durs en affaires, mais c'est entendu. Je n'en ai quasiment jamais vu d'aussi magnifiques.

L'homme nous donne l'argent sans même chercher à marchander et nous abandonne, partant dans l'arrière-boutique avec son achat.

Après avoir tout remballé, nous quittons l'établissement. Abaka se tourne face à moi.

— Soixante jetons ! Sérieusement ?

— J'aurais pu lui en demander cent, il aurait accepté quand même. Il suffisait de voir son regard quand il a vu la fleur.

— C'est tout de même une somme énorme ! Mais grâce à toi, nous disposons de presque tout l'argent dont nous avons besoin pour pouvoir prendre le bateau après-demain.

Nous nous dirigeons vers notre prochain potentiel client, son échoppe se situe dans la rue voisine. Je constate l'absence très étrange de force de l'ordre, mais également qu'il n'y a aucun problème de comportement. Tout le monde semble amical, l'entraide est très présente. En vivant ici, Rehan n'aurait jamais eu besoin de marcher une demi-heure pour sauver son père.

La devanture de la boutique de l'apothicaire est très travaillée, avant même d'entrer nous pouvons voir tous types de remèdes. Nous poussons la porte, c'est à nouveau un homme qui nous accueille, il se tient face à nous, un sourire sur le visage.

— Je vous écoute, chers enfants, de quoi avez-vous besoin ?

— Bonjour, monsieur, rien, cependant nous sommes des voyageurs. Étant enfants d'un couple d'apothicaires, nous avons cueilli quelques plantes plus ou moins rares sur notre chemin. Peut-être seriez-vous intéressé par quelques-uns de nos spécimens ?

— Je vais être honnête avec vous, nous avons beaucoup de propositions de ce genre, sans parler des livraisons de plantes par bateau. Néanmoins, nous n'avons guère de véritables connaisseurs qui se présentent pour nous fournir, les plantes sont donc très souvent amochées, ou alors avec la partie la plus importante manquante. Vous concernant, je vais sans doute avoir plus de chance.

— Effectivement, nous prenons soin de ne pas abîmer notre marchandise.

Abaka vide à nouveau le sac sur le comptoir, l'homme semble plus qu'intéressé par la qualité de ce que nous lui soumettons. Il se sert, choisissant quelques feuilles et plantes, les plus courantes.

— Combien souhaitez-vous pour ceci ? demande-t-il.

Abaka tourne son regard vers moi, l'apothicaire est certes intéressé, mais il s'est montré sympathique et honnête avec nous. Ce qu'il prend est également très commun, nous ne pouvons pas lui réclamer beaucoup d'argent.

— Cinq branches de feuilles de noisetiers à deux jetons pièce, ainsi que trois poignées de cônes de houblon à six, nous vous offrons le transport, cela nous fait un total de seize jetons d'obsidienne.

— C'est un peu plus cher que d'habitude, mais la qualité se paie, voilà votre argent.

— Merci beaucoup, monsieur, peut-être à bientôt, le salue Abaka.

Nous rangeons soigneusement nos gains, ainsi que la marchandise. Alors que nous nous apprêtons à franchir la porte de la boutique, l'homme s'adresse à nous.

— Vous m'avez dit être en voyage, mais d'où venez-vous ?

— De Bexley, lui répond Abaka tout en se retournant pour faire face à son interlocuteur.

— Vous avez fait un long périple ! Puis-je me permettre de vous proposer l'hospitalité ?

— Vous souhaitez vraiment nous inviter chez vous ? lui demandé-je, étonnée d'une telle proposition.

— Bexley est une ville très touchée par la maladie qui circule en ce moment. Si vous voyagez autant en étant si jeunes, c'est sûrement que la vie ne vous en a pas laissé le choix. On ne quitte pas le confort de ce que l'on connaît pour survivre difficilement avec la vente de plantes sans avoir une excellente raison. Je vis dans la première maison à droite en arrivant au port, vous êtes les bienvenus, le repas sera prêt à dix-neuf heures.

— Merci beaucoup, monsieur, je me permets de vous rendre ceci, affirme Abaka en reposant les jetons d'obsidienne sur le comptoir.

Nous sortons de la boutique sous le regard bienveillant de l'apothicaire, encore chamboulés par la gentillesse de l'homme.

— Nous devons aller en voir un autre, il nous manque les vingt jetons, mais je refuse de prendre l'argent d'une personne si généreuse, insiste mon ami.

J'acquiesce d'un mouvement de tête et l'invite à nous mettre en route vers un nouveau partenaire d'affaires. En faisant le tour du centre-ville, nous trouvons une échoppe tenue par une herboriste. C'est confiants que nous poussons la porte de la boutique. Avant même d'avoir franchi le seuil, l'odeur assaille mes narines, les plantes séchées inondent de leur senteur toute la pièce. Un couple nous reçoit.

— Bonjour, les enfants, quels remèdes vous faut-il ? demande la femme au ventre arrondi et imposant.

—Bonjour, nous sommes enfants d'apothicaire, en voyage nous avons ramassé quelques plantes. Puis-je vous montrer ce que nous avons, et si quelque chose vous intéresse, nous vous annoncerons notre prix, suggère Abaka.

— On peut dire que vous tombez bien, notre marchand habituel a du retard. Que nous proposez-vous ?

Abaka étale le contenu de la besace devant la jeune femme qui cherche du regard ce qui peut lui être utile. Elle attrape notre stock complet d'orties, et une vingtaine de feuilles de noyer.

— Vos spécimens sont vraiment de bonne qualité, les éléments importants sont très bien conservés. Combien pour tout ceci ?

Voilà une grosse demande ! Je vais devoir faire un prix.

— Vous prenez tous les orties, soit une dizaine, ça fera donc vingt jetons, et pour les feuilles, on vous en offre deux, ce qui fait un total de trente-huit jetons, nous vous faisons également cadeau du transport.

— Merci beaucoup, les enfants, voici votre argent.

Abaka range le reste de notre marchandise. Pendant ce temps, je vérifie ce que la femme nous a donné.

— Excusez-moi, il n'y a pas le compte, l'interpellé-je.

— Pardon ? demande-t-elle.

— Nous vous avons réclamé trente-huit jetons d'obsidienne, il n'y en a que dix-huit. Vous comprenez qu'au vu de la qualité de ce que nous fournissons, ce n'est pas suffisant.

— Et que comptez-vous faire ? Vous êtes seuls, vous ne partirez plus jamais d'ici, affirme la jeune femme en arborant un sourire mesquin.

Pendant que nous parlons, j'aperçois l'homme se diriger discrètement vers la porte de la boutique. Ayant toujours en ma possession le tissu que m'a donné Abaka plus tôt, je le sors et dégaine ma dague que j'enduis avec ce qui est présent sur le chiffon. Je me précipite ensuite sur le complice qui essaie de fermer la porte, notre seule issue.

— Je ne veux pas faire de mal au père de cet enfant, j'aimerais qu'il puisse vous connaître, si tant est qu'il vienne un jour au monde. Alors, ne faites pas de bêtise, donnez-nous notre argent et tout se passera bien.

— Vous êtes des enfants, nous pouvons vous faire disparaître facilement et personne ne vous cherchera, annonce l'homme malgré la pression de ma lame contre sa trachée.

Un geste rapide et fluide du poignet fait jaillir le sang de sa gorge. Je fais ensuite volte-face, mon regard se plonge dans celui de la future mère.

— Et maintenant, que faisons-nous ? lui demandé-je sur un ton accusateur.

La femme tremble, des larmes coulent sur ses joues alors que son défunt mari tombe au sol, baignant dans son propre sang.

— Prenez votre argent et allez-vous-en, dit-elle, se laissant lentement glisser au sol pour s'asseoir.

J'ouvre la caisse, me sers, m'empare des vingt jetons manquants. Pendant ce temps, mon collègue ouvre la porte de la boutique sans prendre la peine de décaler le corps inerte qui empêche l'ouverture complète de celle-ci.

En sortant, je m'adresse à lui.

— Que fait-on ? Je dois absolument me débarrasser de tout ce sang.

— Faisons un petit crochet par la plage, nous irons nous rincer un peu dans l'eau.

C'est donc après ce court échange que nous empruntons le chemin qui conduit à la mer, je prends un moment pour essuyer mon visage afin d'y retirer l'hémoglobine qui le recouvre. Nous passerons un peu plus inaperçus.

La mer étant proche, nous y arrivons rapidement. Lorsque mon pied foule le sable de la plage, je commence à courir dans l'eau. Je la sens désinfecter les plaies résultant de notre long voyage. La douce chaleur du liquide est agréable, sans hésiter j'en asperge ma figure. La saleté et le sang qui gorgent mes vêtements changent la couleur de l'eau qui m'entoure.

Abaka me rejoint, prenant plaisir à nager tout en taquinant les quelques poissons qui oseraient s'approcher de la rive.

— Ce sera ma première expédition en bateau, avoue-t-il.

— Ma vie de voyageuse n'a débuté qu'à la mort de mes parents, ce sera donc mon cas également. Nous devrions retourner chez cet apothicaire, le départ sera dans deux jours, nous devons nous reposer.

— Tu as raison, allons-y.

C'est ensemble que nous sortons de l'eau pour rejoindre le domicile de notre nouvelle connaissance.

Mes doigts repliés frappent la porte pour signaler notre arrivée avant de la pousser. L'homme nous accueille aussi chaleureusement que possible. Un feu flamboie dans la cheminée, la table se trouvant dans la pièce est garnie d'un immense plat qui trône au centre de celle-ci avec quatre assiettes qui l'entourent.

Un enfant nous rejoint, il semble jeune, cinq ou peut-être six ans, mais pas plus. Sa chevelure bistrée retombe légèrement devant ses yeux qui ont la couleur de l'espoir.

Le garçonnet nous salue timidement avant de prendre place pour le repas, joignant ses mains tout en marmonnant quelque chose.

— Allez-y, installez-vous. Vous devez sûrement avoir faim, ne perdons donc pas de temps et mangeons sans attendre, insiste notre hôte.

— Merci, monsieur, intervient Abaka.

Nous nous assoyons et dévorons notre assiette goulûment. Après le dîner, je pose mes couverts et me lève en remerciant l'homme généreux qui a fait le choix de nous accueillir. Il finit par m'indiquer, du bout de son index, un couloir.

Je le remercie à nouveau avant de me déplacer dans la pièce et ouvre la porte qui mène à une chambre où se trouvent deux lits. Sur l'un d'eux, il y a deux pyjamas. J'en enfile un et me glisse dans le lit le plus confortable dans lequel j'ai pu dormir.

La sensation d'être sur un nuage m'envahit. Je me détends et m'assoupis paisiblement, au chaud et le ventre rempli d'un délicieux plat pour la première fois depuis bien longtemps.

Je sens qu'on me secoue violemment alors que je dormais encore. Une panique s'empare de moi, me force à me redresser. C'est mon voisin de chambre, Abaka, qui m'a sortie de mon sommeil.

— Debout, nous avons des problèmes, chuchote-t-il.

Sans perdre de temps, je m'extirpe avec difficulté de ce lit si confortable et me change avant de prendre mes affaires et suivre Abaka.

Nous nous dirigeons vers la porte par laquelle nous sommes arrivés hier. Une voix autoritaire se fait entendre à l'extérieur. Restant cachés, nous regardons ce qu'il se passe. Ce qui ressemble à un soldat est en train de parler avec notre hôte. Il est apparemment à la recherche de deux enfants qui auraient braqué une boutique et tué l'un des propriétaires.

Je comprends vite que nous devons fuir. Je tire Abaka dans le sens opposé. Sans faire de bruit, j'essaie de trouver une fenêtre par laquelle nous pourrions sortir sans être vus.

— Il m'a dit de te réveiller, mais que nous devions rester ici, m'informe Abaka, me forçant à arrêter mes recherches.

— Tu ne sais pas ce qu'il va nous faire, il vient d'apprendre qu'on a tué quelqu'un ! On est sûrement traqués dans toute la ville. On va devoir se cacher jusqu'à l'arrivée du bateau en espérant qu'on pourra monter à bord.

Le jeune garçon qui a partagé le repas avec nous hier soir nous fait signe de le suivre. Nous nous dirigeons vers l'arrière de la maison, des escaliers mènent au sous-sol. Un mauvais pressentiment me parcourt, où nous emmène ce garçon ? Je pose ma main sur la garde de ma dague qui sera plus facile à dégainer dans ce couloir étroit.

Nous arrivons face à une porte quand notre guide s'arrête et l'ouvre.

— Allez toujours tout droit. Il s'agit d'un ancien sous-terrain utilisé pendant la guerre pour fournir des vivres aux soldats. Vous parviendrez assez rapidement hors de la ville à l'abri des forces de l'ordre.

— Sais-tu comment nous pourrons prendre le bateau ? demande Abaka.

— Il faudra être discret, ou abandonner l'idée. La seconde option me semble la plus sûre, annonce le garçon en refermant la porte derrière nous.

J'agrippe l'un des vêtements que porte Abaka afin de m'assurer qu'il est toujours à mes côtés et nous avançons ainsi, à tâtons, à travers ce chemin sans fin baigné dans l'obscurité. Par moments, nous arrivons à des croisements, et obéissons aveuglément au jeune garçon en continuant sur la route principale.

— Cela fait des heures qu'on marche, enfin, je suppose. Tu es sûr qu'il y a une fin à ce tunnel ? dis-je d'un ton sarcastique.

— On a dû faire à peine deux kilomètres. On marche bien plus d'habitude et tu ne dis rien !

— Habituellement, nous ne sommes pas dans un souterrain complètement sombre où l'on ne voit même pas où l'on met les pieds.

Notre discussion est interrompue par un vacarme assourdissant provenant de derrière nous, comme si quelqu'un avait forcé l'ouverture d'une porte.

— Par ici, allons voir !

Je crois reconnaître la voix du soldat de tout à l'heure. Maintenant, nous n'avons plus le choix, il va falloir accélérer la cadence.

Nous commençons à courir en tentant de faire le moins de bruit possible. Les échos de nos foulées trahissent notre présence et surtout notre position. Oubliant ainsi la discrétion, nous redoublons d'efforts pour sortir de cet endroit le plus rapidement possible.

Alors que les bruits de pas derrière nous se précisent, on aperçoit une légère lueur d'espoir devant nous. Plus nous nous approchons de la liberté, plus nos yeux souffrent de l'écart de luminosité. C'est en nous protégeant de la lumière que nous arrivons enfin à l'air libre, sans prendre le temps de nous arrêter pour en profiter, nous poursuivons notre course, continuant toujours tout droit.

Autour de nous, l'environnement est désertique, ni végétation, ni eau, à l'exception de la mer qui se profile à l'horizon. Aucun endroit où se cacher, rien pour construire un abri, notre seule solution est de fuir.

Des cris se font entendre derrière nous, probablement pour nous sommer de nous arrêter et d'attendre patiemment que l'on vienne nous embarquer. Devant nous, se dresse la mer, et comme si le destin s'amusait de la situation, une petite barque de pêcheur se trouve là, abandonnée. Elle est cependant en si mauvais état qu'on pourrait croire que le simple fait de la regarder lui ferait faire naufrage.

— On n'a pas le choix, vite ! souffle Abaka, poussant l'engin à l'eau.

— Autant mourir libre qu'exécuté ! réponds-je, validant l'idée.

Nous prenons ainsi le large, laissant nos poursuivants derrière nous.

— Et maintenant ? demande Abaka.

— C'est par ici Carlisle, non ? dis-je, montrant à l'horizon l'ombre d'une île.

7. DÉSOLATION

Cela fait environ une vingtaine d'heures que nous avons quitté le continent, le voyage a été long et éprouvant. Autant pour moi que pour mon estomac qui n'a pas supporté les remous des vagues. Enfin, nous pouvons poser les pieds sur la terre ferme. La barque s'arrête sur le sable de la plage, je descends et découvre ce nouveau monde qui s'offre à moi.

Aussitôt, mon regard se tourne vers Abaka qui suit mes pas.

— Que s'est-il passé ici ? demandé-je, sous le choc.

— Visiblement, la maladie n'a pas affecté que les humains.

Nous marchons, le sable est terne, les arbres sont morts. Une odeur de chair en putréfaction me pénètre les narines, ce qui me force à protéger mon visage avec mon écharpe. Plus rien ne semble vouloir pousser, il n'y a plus âme qui vive aux alentours.

Je continue d'arpenter le chemin tracé qui me fait face, des pièges sont posés au sol entre les différents arbres nus. Parcourant cette route, mon corps m'envoie des signaux, me dit de fuir les lieux.

C'est après de longues minutes à déambuler que nous apercevons ce qui pourrait être un village. De loin, tout à l'air sans vie, la seule chose qui indique le contraire est la fumée qui se dégage probablement d'un tas de cadavres en décomposition consumés par les flammes d'un immense feu.

Mon premier réflexe est de mettre ma capuche et d'empoigner la garde de mon épée, prête à dégainer au moindre signe de danger. Abaka, sur mes talons, s'accroche à la besace contenant notre argent, mais également les plantes pour faire des remèdes. Je n'ose imaginer la valeur que peuvent avoir ces spécimens ici, dans ce milieu où plus rien ne pousse.

Nous avons franchi l'arche indiquant l'entrée du village, les maisons sont entretenues. Cependant, la fumée se glisse dans chacune des ruelles de ce petit hameau et laisse sa marque de passage.

Au centre de ce rassemblement de bâtiments se trouve une immense bâtisse qui semble être un édifice religieux. Si le reste du village est à peu près en état, voilà un établissement pour lequel les habitants n'ont pas lésiné sur les moyens pour qu'il demeure intact. La structure est la seule à être propre, même les grandes villes dans lesquelles j'ai pu aller n'entretenaient pas si bien leurs lieux de culte.

Après un échange de regards, Abaka et moi poussons la porte. Nous voyons à l'intérieur un regroupement de personnes, certains très riches, d'autres au contraire ont tout juste de quoi se vêtir. Leurs yeux surpris se posent sur nous.

— Qui êtes-vous et d'où venez-vous les enfants ? demande ce qui semble être un prêtre.

— Je suis Abaka, et voici ma sœur. Elle se nomme Palmyre. Nous venons de Bexley, nos parents sont apothicaires, nous voyageons à travers le monde pour vendre leurs remèdes.

— Des remèdes ? Quel genre de remèdes ? s'enquiert l'homme de dieu.

— Ils sont à base de diverses plantes et aident à soigner différents maux qui peuvent notamment être dus à la fièvre démoniaque, assure mon ami.

— De quel droit vous permettez-vous de choisir qui doit vivre ou mourir ? Tout ceci est l'œuvre de Dieu, ceux qui doivent mourir mourront, et les autres vivront. Nous n'avons pas besoin de votre sorcellerie !

Le regard des paroissiens a changé, il se veut maintenant accusateur.

— Ce sont des païens, hurle l'un d'eux.

— C'est leur faute, ils ont mis Dieu en colère, affirme un autre.

— Tuons-les ! conclut l'un des riches paroissiens.

Sans perdre de temps, nous sortons en courant du bâtiment, poursuivis par le groupe de personnes.

— Nous ne pouvons pas fuir éternellement, la barque ne supportera sans doute pas un nouveau voyage et nous ne connaissons pas du tout l'île. Alors qu'eux y vivent probablement depuis toujours, annoncé-je en arrêtant Abaka.

— Mais on est ici pour sauver les gens, pas pour les tuer !

— Oui, mais là c'est eux ou nous, lui dis-je, attrapant son menton et tournant sa tête face à la foule de personnes qui courent dans notre direction avec pour objectif de mettre fin à nos jours.

Je sors mon épée et la tends face à eux.

— Ce n'est pas pour vous manquer de respect, mes chers amis, mais je doute que nous soyons du même niveau en matière de combat, crié-je à l'auditoire.

— Tu crois vraiment que c'est une bonne idée de les énerver encore plus qu'ils ne le sont déjà ? chuchote l'apothicaire.

Sans lui accorder de réponse, je monte la pointe de mon épée à la hauteur du visage de nos assaillants, immobiles, ne sachant sûrement pas comment réagir.

Le prêtre intervient depuis le porche du bâtiment, s'adressant à ses fidèles.

— Mes chers frères, que faites-vous ? Souvenez-vous des enseignements de Notre-Seigneur.

— Oui, mon père, veuillez nous excuser, annonce l'un d'eux alors que tous retournent vers l'homme de foi.

J'interroge Abaka du regard, ne comprenant pas ce revirement de situation.

— On doit faire quelque chose, on ne peut pas les laisser comme ça ! insiste mon compagnon de voyage.

— Tu sais, c'est difficile de sauver quelqu'un qui ne souhaite pas l'être.

— Il doit bien y avoir une personne ici qui est malade et qui accepterait notre aide.

— Faisons le tour des maisons du village, proposé-je.

C'est après ces mots que nous nous approchons des habitations et frappons à chaque porte. Évidemment, la plupart sont vides. Alors que nous nous trouvons devant l'entrée d'une énième maisonnette, j'aperçois derrière celle-ci cette silhouette familière. Sans prendre la peine de prévenir mon acolyte, je me lance à sa poursuite, il est grand temps de lui régler son compte. Arrivée à l'endroit où j'ai pu voir l'ombre, je découvre une personne agonisante. C'est une vieille femme, souffrant de la maladie, dans un état proche de la mort.

Abaka me rejoint et aussitôt examine la fiévreuse.

— Je suis désolé de te dire ça, mais son état est trop grave pour que nous puissions faire quoi que ce soit. La seule aide que nous pourrions lui apporter, c'est de la faire partir, annonce-t-il.

— Mais nous sommes à la recherche de quelqu'un à sauver, pas à tuer.

— Cette vieille dame est condamnée, déplore-t-il.

Le jeune apothicaire extirpe de sa poche un tissu qui protège quelques feuilles d'une plante que je n'avais encore jamais pu observer. Il en extrait la sève qu'il mélange à une très petite quantité d'eau. Abaka fait ensuite boire cette mixture à la vieille dame.

— Que va-t-il se passer ? lui demandé-je.

— Cette plante, la digitale pourpre, va progressivement ralentir son rythme cardiaque, jusqu'à l'arrêter complètement. C'est une mort assez calme.

Nous regardons notre patiente partir lentement pour son dernier voyage. C'est à ce moment que je vois à nouveau la silhouette, elle s'approche de nous. Alors qu'elle va toucher le corps de la vieille dame, je tente de lui asséner un violent coup d'épée. Elle esquive ma lame sans effort, une vague de brouillard se répand autour de nous. Une voix sortie d'outre-tombe s'adresse à moi.

— Cesse de me chercher ! Ton heure n'est pas encore venue et je m'en voudrais de raccourcir ta vie.

— De quoi parles-tu ? Tu as tué mes parents !

— Leur temps de vie était écoulé. Je n'avais pas d'autre choix. C'est ce pour quoi j'existe.

— Abaka, passe-moi ta plante que j'accomplisse ma quête !

Mon interlocuteur ne bouge pas, comme si pour lui le temps s'était figé.

— Qu'est-ce que tu lui as fait ? Pourquoi ne réagit-il pas ?

— Tu es la seule à pouvoir me voir, car nous sommes liés. Il est temps que je parte continuer ma tâche.

Soudainement, le voile blanc disparaît, la vieille dame est décédée. Abaka à un air triste sur le visage, semblant ignorer tout de ce qui vient de se dérouler autour de lui.

— Nous devons persévérer, trouver des patients à soigner, annonce-t-il d'une voix monotone.

Encore chamboulé par ce qu'il s'est passé, je marche lentement. Qui est donc cette personne ? Pourquoi tout ce brouillard est-il apparu d'un coup pour ensuite disparaître ? Comment est-ce possible ? Le flou de la brume qui m'a entourée occupe à présent mon esprit. Abaka et moi prenons la direction d'une autre maisonnette. Après avoir frappé, la porte s'entrebâille sur le visage d'une jeune fille.

— Bonjour, nous proposons des soins pour de nombreux maux. Peut-être en voulez-vous ?

— Mon père en a besoin. Pourriez-vous aller le voir ? nous dit-elle, le regard triste.

Abaka pousse la porte, l'ouvrant ainsi en grand, ce qui crée un passage pour qu'il puisse entrer. Il se déplace dans la demeure à la recherche du malade. Mon ami de voyage finit par s'arrêter dans une pièce. Je l'y rejoins pour y découvrir un homme d'une cinquantaine d'années assez mal-en-point.

Abaka pose sa main sur le front de son nouveau patient.

— Il est brûlant, c'est sûrement la fièvre démoniaque.

— Pourquoi n'est-il pas avec les autres ?

— Les villageois ont dans la tête que si une personne est malade et meurt de cette maladie, c'est parce que Dieu l'a choisi et qu'il méritait de périr dans d'horribles souffrances. Donc personne n'agit, ils le laissent à l'écart, nous apprend la jeune fille.

— Va me préparer ce qu'il faut, me demande Abaka.

Il n'est plus contraint de préciser, nous avons rencontré ce genre de cas si souvent depuis le début de notre voyage. Je fouille la cuisine, trouve de quoi faire bouillir de l'eau, et y plonge les plantes dont nous avons besoin.

Après une demi-heure de préparation, nous pouvons alléger les symptômes du patient. Abaka lui fait d'abord boire l'infusion de fleurs de bleuet et de thym qui fera chuter sa fièvre et boostera son système immunitaire. Il pose un linge mouillé avec de l'eau froide sur son front pour diminuer encore sa température.

Nous nous tournons ensuite vers l'adolescente afin d'avoir une petite conversation.

— Comment t'appelles-tu ? demande Abaka.

— Éléanor, répond la jeune fille.

— Depuis combien de temps ton père est-il dans cet état ?

— Plusieurs jours, il n'y a aucun médecin sur l'île, donc personne pour l'aider.

— Tout va bien, on va t'aider, et en cas de besoin, j'ai quelques plantes mortelles dans ma besace, annonce calmement Abaka.

Ça prendra du temps pour que notre nouveau patient guérisse, si vraiment il se rétablit un jour.

— Tu as de quoi manger ? demandé-je.

— Il faut aller chasser, nous avons un arc. Ici, nous avons que la chasse et la pêche pour nous nourrir, plus rien ne pousse.

— Je vais y aller.

À côté de la porte, j'attrape l'arc et le carquois rempli de flèches. C'est parti pour ma première séance de chasse.

Dans les vestiges de la forêt, je constate quelques traces de pas d'animaux, mais aussi d'un humain. Je suis les empreintes, mon arc à la main, sillonnant entre les troncs. Des cendres recouvrent le sol, probablement un espoir des villageois de redonner de la fertilité à cette île à l'apparence maudite.

Mon cœur se noue à la pensée que ces cendres, sur lesquelles je marche, sont les restes de personnes qui ont commis comme seule erreur de tomber malade.

Alors que mon pied se pose au sol, je ressens un sentiment étrange, celui d'être suivie, ou observée, je ne saurais le dire. Cependant, rien qui soit très rassurant. Sentant quelque chose m'approcher, je dégaine ma lame en me retournant, et surprends un homme. Il a une trentaine d'années, ses cheveux bruns crasseux retombent sur son front, ses yeux de la même couleur sont cernés. Le couteau greffé à sa main droite me fait rester sur mes gardes, la pointe de mon épée au niveau de sa gorge. Son regard indique qu'il sait que je n'hésiterais pas à écourter sa vie.

— Rassure-toi, je ne te veux pas de mal ! Qui es-tu ? me demande-t-il. Personne ici n'ose s'aventurer dans la forêt en temps normal.

— Je ne suis pas là pour faire la causette, mais pour trouver de quoi manger. Retourne donc à tes occupations et laisse-moi chasser.

— Si je peux me permettre, vous n'attraperez rien en vous déplaçant si bruyamment. Chasser est tout un art, que vous ne semblez pas maîtriser.

— Certes, mais je maîtrise celui de décapiter les gens qui m'insupportent.

— Je vous propose un marché, un peu de viande contre quelques soins, négocie-t-il.

— Comment sais-tu pour les soins ?

— Je vous observe depuis votre arrivée, ce matin.

— Entendu, faisons ça, mais à la moindre arnaque, tu perds ta tête. On est d'accord ?

Il acquiesce.

Je suis donc mon guide à travers la forêt d'arbres morts. Près des restes d'un tronc, j'aperçois quelques champignons que je cueille. Nous continuons notre expédition, un peu de verdure commence à faire son apparition, loin des terres défraîchies qui entourent le village. Je trouve quelques petites choses qui peuvent servir de repas.

— Pourquoi personne ne vient chercher de la nourriture ici ? demandé-je, surprise par cette découverte.

— Le prêtre déconseille de s'approcher de la forêt.

— Pour quelle raison ?

— Je l'ignore, j'ai fui ce fou depuis bien longtemps.

Je cueille quelques végétaux pendant que la personne qui m'accompagne chasse quelques petits animaux avant de retourner au village. Sur le chemin, le traqueur me fait signe de m'arrêter et de rester silencieuse. Au loin, il me montre quelque chose du doigt, ou devrais-je plutôt dire quelqu'un, je crois reconnaître le prêtre.

Nous nous approchons en toute discrétion de l'homme de foi. Il creuse le sol, avant de sortir une modeste bourse. Que contient-elle ? Il ne tarde pas à l'ouvrir afin d'y ajouter quelques jetons d'obsidienne.

— Que fais-tu ici ? interviens-je.

Le prêtre sursaute en entendant ma voix.

— Je... Je... Je peux tout vous expliquer, ne dites rien aux autres.

— Ne pas leur dire quoi ? Que vous les empêchez d'aller dans la forêt, car vous y cachez l'argent que vous leur volez ?

— Ce n'est pas ce que vous croyez, vraiment !

— Je vous laisse trente secondes pour me fournir une explication qui soit plausible, sinon c'est à vos paroissiens que vous devrez donner des justifications.

— Cet argent me permet d'acheter de la nourriture aux marins qui viennent ici deux fois par semaine, dit-il.

— Et tu en fais quoi de cette nourriture ? Tu la gardes pour toi ou tu partages tout avec tes paroissiens ? demandé-je sans le quitter du regard, comme si j'avais pris un enfant la main dans le sac.

Le prêtre détourne les yeux à l'entente de cette question. Sa réaction confirme mes doutes. Je tends ma lame face à l'homme et lui fais signe de partir en direction de la ville. Nous marchons tous ensemble jusqu'au lieu de culte. En y entrant, on peut voir les paroissiens se figer devant le spectacle qui s'offre à eux.

— Que faites-vous ? demande l'un d'eux.

— Votre cher prêtre a une annonce à vous faire, dis-je suffisamment fort pour entendre ma voix résonner dans tout l'édifice.

Je pousse l'homme qui finit à genoux, recroquevillé sur le sol froid.

— On t'écoute ! insisté-je en le regardant trembler.

— Mes frères, ces individus sont dangereux. Ils sont ici pour vous tenter et vous faire perdre la foi.

— Que dis-tu là, vieil homme ? Parle donc plutôt de l'obsidienne qui se trouve dans le sac que tu tiens si fermement.

— Partez avant que la colère de Dieu s'abatte sur vous pour avoir ainsi malmené un homme de foi, rétorque l'un des villageois.

— Votre homme de foi vous vole depuis je ne sais combien de temps, affirmé-je.

À la suite de mes propos, j'attrape la bourse d'obsidiennes du prêtre et la jette au sol. Son contenu se déverse sur le carrelage.

— D'où vient toute cette obsidienne, mon père ? demande l'un des fidèles.

— Ce sont vos dons, répond l'homme de foi.

— Ces dons sont supposés être utilisés pour empêcher les navigateurs de s'en prendre au village, pourquoi sont-ils encore là ? s'étonne un croyant.

Tous se regardent, semblant ne pas comprendre, ou peut-être ne savent-ils pas comment réagir face à une telle annonce. Je range mon épée et quitte ce bâtiment où je ne souhaite plus jamais revenir.

— Tu le laisses comme ça ? Ils vont le tuer ! affirme l'homme qui m'accompagne.

— Ce n'est pas mon problème, il doit assumer ses actes.

Nous retournons maintenant en silence dans la maison d'Éléanor, les poches et sacs chargés de récoltes.

— J'ai trouvé de quoi manger ! hurlé-je à qui veut l'entendre.

— Parfait, montre-moi tout ça, s'enthousiasme Abaka. Mais c'est qui lui ?

— Un homme qui vit dans les bois, il m'a signalé où dénicher de quoi nous nourrir, mais il a accepté uniquement contre quelques soins, il est donc là pour son dû.

— Je vois, vous avez besoin de quoi ? demande notre apothicaire.

L'individu lève la manche qui recouvre son bras droit, on peut y apercevoir plusieurs traces de morsures profondes.

— Effectivement, vous avez besoin de soins, suivez-moi, j'ai ce qu'il vous faut.

— Vraiment ? Vous allez pouvoir me guérir ?

— Évidemment, quel genre de soigneur serais-je sinon ?

Ensemble, ils quittent la pièce, pendant que je vide ma besace de mes trouvailles. Éléanor revient avec de l'eau, ce sera parfait pour nettoyer les récoltes et préparer le repas.

Sur la table se trouvent donc deux blettes, quelques carottes sauvages et deux lapins. Une fois les légumes passés dans l'eau, j'attrape un couteau, dépèce et vide les lapins, émince le tout avant de plonger ça dans une casserole d'eau bouillante. Quelques plantes médicinales peuvent également servir à agrémenter un peu notre repas, j'en utilise une petite quantité. Il ne reste plus qu'à attendre.

Je vais donc dans la pièce où sont Abaka et son patient. L'apothicaire est concentré sur les soins à apporter au blessé. La plaie ne semble pas infectée, il recourt à un pilon pour faire sortir le jus des feuilles de plantain. Abaka les prend et les pose sur les lésions de l'homme qui se tient à ses côtés, place et enroule ensuite le tout d'un tissu afin que tout reste en contact avec les blessures.

— Vous pensez vraiment que ces feuilles vont me guérir ? s'inquiète l'homme.

— Bien sûr, répond Abaka, cette plante facilite la cicatrisation, et l'on en trouve aisément.

— Merci beaucoup pour votre aide.

— Savez-vous pourquoi rien ne pousse autour de ce village, mais qu'un peu plus loin la verdure y est abondante ? demandé-je, intriguée.

— C'est comme ça depuis que l'épidémie a frappé les habitants. Ils ont commencé à brûler les corps, mais il y en avait beaucoup trop. Je pense que la fumée a tout simplement empoisonné tout ce qui se trouvait aux alentours, suggère notre invité.

— Je vois, merci pour cette réponse.

Nous retournons à la cuisine où mijote notre prochain repas. L'odeur embaume la pièce, ce qui éveille ma faim, vivement que ce soit prêt.

Installée autour de la table, je constate qu'un brouillard se forme à nos côtés. Aussitôt, je comprends ce qu'il se passe et cours dans la chambre du père d'Éléanor. Cette silhouette est à nouveau présente, elle se tient au chevet de notre malade. Une fois encore, je sors mon épée de son fourreau et tente de frapper la personne qui se trouve face à moi.

— Tu as bien des choses à accomplir, ne gâches pas tout en

voulant à tout prix mourir maintenant, murmure la voix macabre.

— Qui es-tu ? Pourquoi fais-tu tout ça ? demandé-je, ma lame toujours en main.

— Je ne fais que mon devoir, et le tien est de sauver ce monde.

Après ces mots, le brouillard disparaît peu à peu, laissant apparaître le corps du père d'Éléanor, sans vie. Les larmes coulant le long de mes joues, je me laisse tomber au sol, avec ce sentiment d'impuissance plus présent que jamais. Comment pourrais-je secourir ces personnes, si je ne parviens pas à arrêter celle qui met fin à leur vie ? Abaka pénètre dans la pièce, posant son regard partout autour de lui avant de venir me voir.

— Que s'est-il passé ?

— La silhouette, elle était là, elle a tué ce vieil homme avant qu'il puisse revoir Éléanor, dis-je entre deux sanglots. Je dois progresser, trouver comment la vaincre !

— Loin dans la forêt, dans une grotte, vit un homme âgé, mais il maîtrise extrêmement bien le maniement des épées et des arcs. Il pourra peut-être t'aider, annonce le blessé.

— Je dois y aller, affirmé-je en me relevant et en essuyant mon visage.

Je quitte la chambre, saisis ma besace, y place quelques vivres, dont une gourde pleine d'eau et une seconde vide.

— Je reviendrai, Abaka, reste ici, les gens ont besoin de toi pour les soins.

— Prends soin de toi, et surtout, je veux que tu emmènes ça avec toi, dit mon compagnon de voyage en mettant dans ma main une bourse probablement remplie d'herbes médicinales.

Je le remercie et entame mon long périple, prenant la direction des montagnes visibles au loin.

8. UNE RENCONTRE

Le paysage autour de moi est encore celui d'un milieu désolé, pollué par la fumée des cadavres de personnes malades. Je peux, cependant, après quelques minutes de marche, apercevoir au loin un peu de verdure. Une montagne surplombe les alentours, c'est sûrement là-bas que se trouve l'habitation du vieil homme que je cherche.

Continuant mon chemin, me voilà enfin dans un environnement paisible. L'herbe verte recouvre le sol, des fruits et légumes sauvages poussent un peu partout. Une biche prend peur en me voyant arriver et s'enfuit. De l'eau coule en formant une petite rivière, tout est si différent de ce que l'on peut apercevoir encore quelques mètres derrière.

Je prends le temps de manger quelques baies et me couche dans l'herbe fraîche. Sans m'y attendre, je m'endors, tant ce lieu m'apaise.

Un courant d'air froid me sort de mon sommeil, quelques gouttes d'eau sur ma peau me font comprendre que je dois vite trouver un endroit où me mettre à couvert de la pluie. Allant à travers la forêt, mes yeux se posent partout autour de moi. Je ne vais pas avoir le temps de me construire un abri, et trouver refuge dans un arbre n'est sûrement pas une bonne idée.

Je cours le long des massifs à la recherche d'une grotte où me mettre à l'abri alors que l'averse se veut déjà plus importante. Mes vêtements trempés me donnent froid et me ralentissent. Le vent accompagnant la pluie devient glacial.

Dans une petite montagne se trouve un passage, qui peut me permettre de me protéger du vent qui gagne en intensité. Je ramasse feuillage et branchage sur le chemin et me précipite dans cette grotte.

Sans attendre, je tente d'allumer un feu, mais le petit bois humidifié par la pluie ne prend pas. Je reste dans mon nouvel habitat, me recroqueville pour garder un maximum de ma chaleur corporelle. Un bruit provenant de plus loin dans cette caverne m'interpelle, un cri de bête se fait entendre. Un ours ? Je ne suis tout de même pas venue me cacher dans la tanière d'un ours ?

L'animal fait son apparition, il est immense et imposant. Mon premier réflexe en le voyant est de dégainer mon épée et de la tendre dans sa direction.

Malheureusement pour moi, cet ours ne semble pas du tout impressionné par ma lame et use de sa grande patte pour tenter de me frapper.

Encore au sol, avec mon épée dans les mains, j'esquive du mieux que je le peux l'attaque puissante de mon agresseur. Je contre avec ma lame et balafre légèrement son immense patte. L'ours hurle à nouveau, manifestant son mécontentement de me voir ainsi saccager sa grotte.

Je sors ma dague, avec maintenant une arme dans chaque main. Je me lance à l'assaut de mon adversaire, c'est lui ou moi cette fois-ci. M'approchant aussi vite que je le peux, je parviens à éviter une nouvelle attaque en me glissant sous les pattes du monstre qui se tient debout. Rapidement, je plante mon épée dans son bas-ventre et laisse une grande entaille. Il se vide sur le sol, provoquant une mare de sang et de viscères.

Soulagée, je me laisse tomber sur le sol et lâche un long soupir. Je suis en vie, j'ai survécu face à ce monstre. J'attends patiemment que l'adrénaline redescende, avant d'avancer vers le corps encore chaud de l'animal que je viens de tuer.

L'ours gît sur le sol, je pousse très fort pour le retourner. Il me fait maintenant face, j'utilise ma dague pour agrandir l'entaille déjà présente. Voilà de quoi manger pour un long moment, et de quoi me tenir au chaud. J'enlève un à un les différents organes, puis retire soigneusement la bile contenue dans l'estomac du monstre. Je récupère le liquide que je stocke à l'intérieur de ma gourde vide, cela pourra être fort utile à Abaka.

Après en avoir terminé avec lui, je m'assois et regarde le bois humide. Je réfléchis à un moyen de l'exploiter, tout en jouant avec ma dague. Allumer un feu avec un combustible gorgé d'eau est difficile, mais ce n'est pas impossible. Il doit bien y avoir une solution. Je casse un morceau et constate que l'intérieur de celui-ci est sec. En effet, la pluie a touché l'écorce, mais pas le cœur des branchages.

Je commence à écorcer tout mon bois à l'aide de ma dague. Une fois un feu allumé, je fais cuire un peu de viande, tout en regardant le déluge qui s'abat à l'extérieur. Après le repas, je m'occupe d'écharner correctement la peau, avant de trouver un creux où l'eau de pluie s'accumule. J'y plonge la peau et la laisse tremper avec du sel pour y enlever toutes impuretés.

Je retourne dans mon abri, et commence à nettoyer le sang sur le sol de la grotte, bien évidemment, dormir à côté des restes frais d'un animal n'est pas ce qui est le plus agréable.

Un nouveau bruit provenant du fond de la caverne se fait à nouveau entendre. Il n'y a tout de même pas deux ours dans cet endroit ! Armée d'une torche, je m'aventure plus loin dans la galerie. Autour de moi se trouvent les restes d'animaux encore frais, au milieu de tout ça, je vois un petit garçon, il doit avoir tout juste cinq ans. Que fait-il ici ? Il commence à paniquer en me voyant, comme s'il apercevait un autre humain pour la première fois.

— Hey, que fais-tu dans cet endroit ? demandé-je d'une voix douce.

Je n'ai pour seule réponse qu'un grognement, pendant qu'il se colle aux parois de la grotte. Approchant lentement, je lui fais signe de venir. Aussitôt, je comprends que ce qui l'effraie est en réalité la flamme de ma torche. Une fois celle-ci éteinte, l'enfant se montre plus calme et coopératif, sans être tout à fait en confiance. C'est ensemble que nous nous rendons vers l'ouverture de la caverne. Je lui tends quelques baies, il doit sans doute avoir faim. Le jeune garçon les prend avec méfiance avant de les avaler goulûment. C'est une fois installés confortablement à côté du feu que nous nous endormons.

Le lendemain matin

Alors que je me réveille, je constate que le jeune garçon a lui aussi fini de dormir. Après avoir rangé mes affaires, nous quittons la grotte, et partons à la recherche de ce papy. La faune et la flore semblent avoir apprécié la pluie déferlante d'hier, les petits rongeurs sortent, sans être gênés par notre présence. Des biches se montrent également sans crainte et vont boire dans le ruisseau qui se trouve non loin de là. En route, nous marchons, suivant les montagnes, scrutant le paysage qui nous entoure à la recherche d'une ouverture qui pourrait servir de maison à mon futur professeur.

La roche s'élève à perte de vue, recouverte d'arbres en tout genre. Au plus haut, nous y voyons des pins, et au fur et à mesure de la descente, des feuillus font leur apparition jusqu'à être majoritaire. Ensuite, une fois le sol bien plat, des fleurs garnissent la prairie qui s'étend sous nos yeux. Nous voilà loin de l'ambiance lugubre qui rôde autour du village.

Alors que l'enfant me suit, tout en courant un peu partout, j'entends un léger bruit. Je me précipite vers lui et le pousse à terre. Un piège se déclenche, me laissant pendre en l'air, la tête vers le bas. Me voilà dans de beaux draps !

Ma dague en main, j'use de mes abdos pour me remonter le long de la corde. La branche de l'arbre qui soutient le piège étant atteinte, je peux m'y asseoir. Une fois en sécurité, j'attaque le câble enroulé autour de mon pied. Libérée, mon attention se porte sur le garçonnet.

— Tu vas bien ?

Un mouvement de tête affirmatif est la réponse que j'obtiens. Un soupir de soulagement sort de ma bouche, pendant que je me laisse glisser de la branche sur laquelle je me trouvais. Les pieds sur terre, je suis prête à reprendre notre route doucement sur le chemin.

Un piège ici ne veut dire qu'une seule chose, nous approchons de la destination !

Je me dirige vers un arbre, avec la lame que j'ai toujours en main, je laisse une trace de notre passage sur le tronc de celui-ci. Nous continuons notre voyage, restant attentifs à une potentielle caverne présente dans les reliefs. Je marque notre piste régulièrement sur les troncs, ce qui nous permettra de retrouver facilement notre chemin au retour.

— Comment t'appelles-tu ? demandé-je à l'enfant qui m'accompagne.

Je n'obtiens aucune réponse de sa part, mais je constate qu'il devient de plus en plus inquiet au fil de notre avancée dans la forêt. Je fais le choix de garder le silence, inutile de le perturber davantage.

Au loin, il me semble apercevoir une grotte qui s'enfonce dans le sol, serait-ce une mine ? Lorsque je l'indique au jeune garçon qui me suit, la panique s'empare de lui. Qu'a-t-il bien pu lui arriver ? Je l'aide à se mettre en sécurité dans un arbre, et me dirige vers le creux. Je m'y engouffre avec prudence, ne sachant à quoi m'attendre. Suis-je en train de m'enfoncer dans la gueule du loup sans le savoir ? La lumière naturelle devient vite trop faible pour être suffisante. Des bruits de métal frappé se font entendre, une faible lueur provenant de lampes utilisées par les mineurs éclaire le passage. Je me glisse à travers un couloir étroit jusqu'à arriver à une pièce où se trouve une dizaine d'enfants plus ou moins âgés.

Leurs yeux se posent sur moi, surpris de me voir ici. Ils ne paraissent pas comprendre pourquoi je suis là. Tous sont fatigués, ont des pioches en mains, rapidement ils reprennent leur tâche. L'un d'eux semble très affaibli. Il reste assis et ne travaille pas. Je m'approche de lui, tente de découvrir ses symptômes. Lorsque ma main frôle une plaie présente sur son visage, les autres enfants réagissent. Je me retrouve à faire face à un groupe de gamins armés de pioche et prêts à s'en servir pour se défendre.

— Doucement, je peux l'aider, le soigner, j'ai ce qu'il faut, annoncé-je, les mains en l'air dans l'espoir que je sois crue.

J'approche mes mains de la besace, j'en sors ma gourde et attrape un morceau de tissu se trouvant dans la mine. Il n'est pas très propre, mais fera l'affaire. Je le mouille et commence à rincer la plaie du garçon. L'un des enfants s'approche et montre la gourde du doigt. J'acquiesce d'un mouvement de tête, et rapidement, tous viennent profiter de l'eau que j'ai à disposition. Une fois la blessure nettoyée, j'extirpe quelques feuilles de plantain de la bourse donnée par Abaka et les malaxe pour en faire sortir le jus. J'applique le liquide sur la lésion. L'enfant semble reconnaissant et ses amis beaucoup moins méfiants.

Un bruit provient de l'extérieur, les jeunes travailleurs sont tout à coup pris de panique. Une voix résonne jusqu'à nous, l'ambiance devient plus pesante encore. Je regarde autour, il n'y a nulle part où me cacher. Un homme imposant, prenant toute la largeur du passage par lequel je suis entrée, fait son apparition.

— Qui es-tu ? Tu es un peu âgée pour travailler à notre service, clame-t-il, un fouet à la main.

Les enfants restent immobiles, je peux voir leurs membres trembler, certains commencent à pleurer. Je sors ma dague, l'épée étant trop grande pour que je puisse la manier sans risquer une victime collatérale. Je tente une attaque, facilement interceptée par mon adversaire qui agrippe mon poignet, m'empêchant de faire un second essai. Un enfant, pris de courage, frappe mon agresseur avec sa pioche, celui-ci l'esquive et inflige au garçon un gros coup de pied, qui immobilise le jeune mineur. Les autres sont à présent beaucoup trop apeurés pour agir. Mon assaillant m'assène un violent coup de poing au visage, me faisant perdre conscience.

9. RÉVEIL DOULOUREUX

Alors que j'émerge difficilement, j'entends les battements de mon cœur vibrer dans mon crâne, provoquant une horrible souffrance à chaque pulsation. Un bruit de cheval au trot vient lentement couvrir les résonances douloureuses. Mes yeux s'ouvrent, mais je demeure dans l'obscurité. Le lien noué autour de mes poignets m'empêche d'analyser ce qui m'entoure. Me voilà enfermée, sans doute dans une caisse, ligotée, avec aucune idée du lieu où l'on m'emmène. Dans cette boîte qui me sert de prison, je bouge, me contorsionne à la recherche de mon épée. Évidemment qu'ils me l'ont retirée, quel kidnappeur digne de ce nom laisserait une arme à sa victime ?

Je me concentre sur ma cellule faite de bois. Il doit sûrement y avoir un coin où la structure est plus faible. Par endroits, les rayons du soleil traversent les parois, mais rien n'indique une quelconque fragilité. Ce n'est clairement pas une simple caisse de légumes réaménagée.

Je n'ai pas le choix, la solution la plus adaptée est d'attendre qu'on m'ouvre pour tenter de fuir à ce moment-là.

Espérons qu'Abaka s'en sorte mieux que moi.

10. CHASSE À L'HOMME

— Des bateaux ! hurle le chasseur à travers la maison.

— De quoi parles-tu ? demandé-je.

— Des bateaux s'approchent, ils viennent ici, dit Louis en regroupant quelques affaires et des vivres.

— Pourquoi une telle panique ?

— Ce n'est pas normal, il y a plusieurs navires qui seront là d'ici quelques heures. D'ordinaire, le seul qui fasse le trajet jusqu'à Carlisle, c'est celui qu'on appelle le Maudit. Il vient uniquement pour du transport de « marchandises », dit-il en insistant particulièrement sur le dernier mot.

— Donc nous avons des problèmes ! Magnifique ! Il est temps de préparer les villageois à riposter, affirmé-je.

— Nous pouvons essayer, nous aurons plus de chances de nous en sortir si tout le monde lutte.

Alors que nous nous apprêtons à quitter la maison, Éléanor nous interrompt.

— Vous pensez vraiment que je vais vous laissez y aller seuls ! Je viens avec vous et c'est non négociable !

— Entendu, chaque paire de bras en plus est un petit pourcentage de victoire supplémentaire, confirmé-je.

C'est chargé de plantes toxiques en tout genre, que je déserte le logement, accompagné de nos nouveaux amis. Je donne quelques pochettes fermées à chacun d'eux et leur explique comment les utiliser. Nous faisons ainsi le tour du village pour prévenir chaque habitant de la menace qui pèse sur nous. Certains acceptent et prennent volontiers la plante, d'autres se montrent plus réticents à l'idée de mettre à mort d'autres êtres humains.

Aussi surprenant que cela puisse être, nous réussissons à convaincre une quinzaine de personnes à prendre les armes. Chacun applique soigneusement de la sève d'aconit tue-loup sur ce qui lui servira à attaquer, pour certains, il s'agit de flèches, pour d'autres de lames, et pour les plus modestes, ce seront des fourches.

Ceux qui ont refusé de prendre part au combat sont dirigés vers le fond de l'île, afin d'éviter que du mal leur soit fait.

Les archers se cachent au dernier étage des résidences, deux se trouveront dans le clocher du bâtiment religieux offrant une belle vue d'ensemble sur le village. Les derniers seront dispersés entre les demeures pour surprendre nos assaillants.

Nous pouvons voir trois navires s'approcher des côtes, on peut s'attendre à avoir un grand nombre d'adversaires. Mon arc sur l'épaule, je m'en vais prendre place à l'étage d'une maison à l'entrée du village. Je m'assure qu'elle soit inoccupée. En effet, ça serait prendre le risque que des habitants qui n'ont pas fui soient tués à cause de mon inattention, chose que je ne pourrais tolérer ! Faisant le tour de la demeure, je vois quelques bouteilles de boissons alcoolisées et un briquet à silex et sa pierre. Ce sera parfait ! La chance nous sourit ! J'attrape le tout et cours poser l'ensemble à l'étage. Je me sers également dans les chambres, j'y attrape des vêtements. Je les déchire en petites lamelles de tissu que je fourre dans les bouteilles. Mes bombes sont prêtes ! Je prends le temps de regarder par la fenêtre et aperçois au loin les navires qui accostent.

Une vingtaine de personnes descendent de chaque bateau. Rapidement, tous prennent d'assaut la légère côte qui sépare le quai du début du village. Tous sont armés, certains ont des fusils, mais la plupart possèdent des épées. Le temps que j'observe les derniers sur ce qu'il reste des quais abandonnés de Carlisle, les premiers arrivent au niveau de la maison dans laquelle je me trouve. Ils n'ont pas de réelles armures, ce ne sont pas des soldats et ils ne semblent pas non plus être de la police. Qui d'autres peut se vanter d'avoir un tel bateau, un équipage aussi imposant ? Et surtout, qui peut se permettre de se payer tout ça ?

À chaque demeure s'arrêtent plusieurs d'entre eux, ils frappent de manière agressive, comme si quelqu'un allait ouvrir. Maintenant que tous sont dans le village, il est temps de frapper fort. J'attrape une bouteille, empoigne le tissu et la pierre que je sers très fort, puis viens les frapper avec le briquet à silex. Rapidement, le feu prend, le morceau de vêtement s'enflamme. Je balance ma bombe sur nos ennemis, la bouteille se casse, l'alcool se répand, le feu se propage et s'attaque à l'uniforme de nos assaillants qui hurlent de douleur. En quelques secondes, on peut entendre des dizaines de personnes agoniser dans les flammes. Sans perdre de temps, j'en allume une autre que je lance plus loin, sur ceux qui tentent de fuir.

Les archers tirent sur les quelques-uns que je ne parviens pas à atteindre. Ainsi, les intrus qui ne meurent pas tués par les flammes le seront par les flèches empoisonnées.

Je vois l'un d'eux essayer de retourner aux bateaux, je décoche une flèche, une deuxième, une troisième sans réussir à le toucher. Tout en courant pour sauver sa vie, il sort un objet et souffle à l'intérieur. Un immense vacarme résonne, on doit probablement l'entendre jusqu'à l'autre bout du village.

Du mouvement sur le quai attire mon regard, trois hommes surgissent de l'un des navires. Est-ce les capitaines ? Vêtus d'armures lourdes, ils sont repérables de loin tant elles reflètent le soleil. Des chasseurs de primes ! Ce sont des chasseurs de primes ! Que font-ils là ?

Au loin, du fond du village, je perçois le bruit d'une charrette tractée par un cheval. Un homme à la carrure imposante est à l'avant, derrière lui se trouve une caisse en bois de grande qualité. Le véhicule passe au milieu du combat comme si tout était normal sans s'arrêter ni détourner le regard de la route. Concernant son cheval, c'est un peu plus compliqué, on peut aisément constater que le raffut qui l'entoure l'effraie.

Alors que la carriole poursuit son avancée, j'aperçois, posée derrière le chauffeur, une épée. Cette lame, je la reconnaîtrais entre mille, il s'agit de celle de Palmyre. Que lui est-il arrivé ? Je décoche une première flèche en direction de l'animal. Blessé, il s'écroule, faisant voler autour de lui un nuage de poussière. La charrette s'arrête, le cocher pris de panique tente de fuir, laissant le tout derrière lui. Je tire une nouvelle flèche qui se plante au niveau de son mollet droit pour l'empêcher d'avancer davantage. Sans perdre de temps, je saisis deux bombes ainsi que le briquet et cache le tout dans mon sac.

Lorsque j'arrive sur le palier de la maison, les hommes qui agonisaient sont inertes, allongés au sol. Les corps encore fumants dégagent une odeur particulièrement désagréable.

Je ne m'attarde pas plus longtemps sur ce spectacle horrible et cours en direction de la caisse posée dans la charrette. Après avoir attrapé la dague de Palmyre, je grimpe sur la carriole pour observer la caisse. Sur le dessus, le couvercle est verrouillé par un clou mal enfoncé, ce qui me permet de l'ouvrir facilement en utilisant la lame comme levier. Sans surprise, Palmyre s'y trouve. Mon cœur s'accélère et s'emballe lorsque je découvre le visage pâle et figé de mon amie. Une vérification rapide me permet de constater une respiration, elle est en vie !

Regardant aux alentours, je fais signe à quelques gaillards de m'aider. Nous la sortons de sa prison et l'allongeons sur le sol.

— Des chasseurs de primes sont en route, ils seront bientôt là, les avertis-je. Je compte sur vous pour les accueillir comme il se doit !

— On s'en charge, me répond l'un des hommes avant de partir.

Un contrôle basique dévoile un état plutôt stable. Une grosse fatigue cumulée à une déshydratation explique assez facilement l'inconscience de Palmyre. En faisant le tour de la carriole, j'y vois une affiche. Dessus se trouvent un dessin de Palmyre et de moi, vaguement ressemblant, et une somme : « 5000 Ø ». À côté de l'avis de recherche, je découvre une poche d'eau. Il en reste peu, mais ce sera suffisant pour améliorer son état.

Une fois réhydratée, je porte Palmyre dans un coin à l'abri des regards. Ensuite, je me place à un endroit, non loin, où je peux être visible pour prévenir nos compagnons de voyage qu'il est temps de passer à la suite du plan.

11. EN FUITE

Une fois tout le monde rassemblé, nous nous écartons du village en direction du centre de l'île. Un chemin discret paraît être le passage idéal afin d'éviter toute mauvaise rencontre.

Éléanor clôture la marche, tandis que Louis est au milieu et porte Palmyre. Quant à moi, je suis devant. Nous avançons le plus silencieusement possible, faisant attention à la moindre branche de bois mort qui se trouve sur le sol. On entend au loin l'agitation du village qui s'amenuise à mesure que nous nous éloignons.

À chaque hurlement qui parvient jusqu'à mes oreilles, mon cœur se serre, se brise en imaginant des inconnus subir l'arrivée de ces brigands dans leur lieu de vie. Une île déjà bien appauvrie par la maladie qui la touche plus que n'importe quelle autre région. Ces bandits n'auraient pas attaqué le hameau sans notre présence, si nous avions accepté de régler le problème que nous avons causé.

Un bref cri étouffé me sort de mes pensées. Ce cri, il ne provenait pas du village ! Non ! Il venait de derrière moi. Je me retourne, une panique m'envahit soudainement lorsque mon regard se pose sur Éléanor. Éléanor, immobile, une main recouvre sa bouche. Cette main imposante masque la partie inférieure de son visage, ne laissant apparaître que ses yeux. Son regard trahit l'incompréhension de la situation ainsi que la douleur de la lame qui transperce son abdomen sanguinolent. Une larme coule sur sa joue quand son assassin laisse son corps tomber au sol sans y prêter la moindre importance.

Paralysé par la peur, mon cœur s'emballe. Que ferait Palmyre ? Elle aurait probablement déjà tué cet homme qui nous fixe, attendant notre réaction face à son acte odieux.

Pendant que je suis perdu dans ma réflexion, Louis, qui jusquelà portait l'inconsciente, la pose soigneusement sur le sol. Il sort son couteau de chasseur, habituellement utilisé pour dépecer les animaux qu'il abat.

— Prends-la et pars ! Vous devez fuir ! annonce le pisteur d'une voix résolue.

— Et toi ? demandé-je.

— Je m'en sortirai ! réplique-t-il avec confiance.

Épuisé et le cœur lourd, j'accepte sa requête et attrape Palmyre. Je commence à trottiner silencieusement. Je m'efforce de me faufiler, d'éviter les endroits où l'ennemi pourrait nous repérer et de continuer ma course pour ne pas rendre son acte inutile. Je nous éloigne des bateaux pour disparaître et nous faire oublier de nos poursuivants.

J'avance, pressant le pas en direction de la forêt afin de pouvoir nous y cacher. Les arbres commencent à afficher une meilleure santé et un feuillage à la couleur naturelle. On peut même y voir quelques rongeurs alors que la fumée et l'odeur nauséabonde du village les ont poussés à fuir la civilisation.

Au fil du temps, je sens mon énergie déclinée, me forçant à prendre des pauses de plus en plus régulières. L'air brûle mes poumons trop sollicités, je n'ai d'autres choix que de m'arrêter et poser Palmyre le temps de retrouver une respiration normale. Mon amie, tout juste installée sur le sol, je tombe à genoux, comme si mes jambes n'avaient plus la capacité de me porter. Mon cœur tambourine dans ma poitrine, si fort que j'ai l'impression qu'il pourrait en sortir. Après une longue pause que je ne saurais quantifier, j'entends derrière moi des bruits qui m'encouragent à reprendre ma course. Je porte Palmyre sur mon dos et progresse en faisant preuve d'un maximum de discrétion. Après avoir pris de l'avance sur nos poursuivants, je pose Palmyre sur le sol dans un coin où la verdure est dense. Je cherche ensuite des branches et des feuilles afin d'en recouvrir mon amie qui est toujours inconsciente. Ainsi camouflée, elle pourra passer inaperçue. Je fais de même pour moi et attends patiemment d'être oublié.

De longues minutes s'écoulent et je commence à entendre de nouveau des bruits se rapprocher. Un groupe de chasseurs de primes à notre recherche nous frôle sans nous voir. Leurs yeux, restant à hauteur d'homme, ne se posent à aucun moment sur nous.

Je prie intérieurement pour que Palmyre ne se réveille pas à ce moment-là, au risque de nous faire repérer. Des gouttes de sueur perlent sur mon front. Je retiens ma respiration qui me semble trop bruyante pour oser expirer.

Le groupe continue d'avancer et finit par s'éloigner de nous. Une fois sûr qu'ils sont à bonne distance, je laisse s'échapper un soupir de soulagement.

Alors que nous sommes encore couchés sur le sol, mes yeux se posent sur un tronc d'arbre sur lequel une encoche a été faite, mais par qui ? Je me rapproche du centre de l'île, partant ainsi à l'opposé de nos traqueurs. Sur mon chemin, je croise d'autres troncs marqués.

Après une longue marche, je tombe sur un creux qui forme un sentier menant à une caverne. À l'intérieur, je pose délicatement Palmyre. Dans la grotte, je découvre les restes d'un feu, des traces de sang que l'on a tenté de nettoyer couvrent le sol.

Après une vérification complète de l'abri, je m'en vais chercher quelques plantes afin d'avoir de quoi soigner de potentielles blessures : du plantain et de l'absinthe pour la cicatrisation des plaies, de l'épervière piloselle pour la douleur et les inflammations et bien d'autres. Cette forêt regorge de plantes courantes, mais incroyablement utiles pour la guérison. Lors de ma récolte, j'aperçois quelques animaux qui ont l'air affolés.

De retour au camp, je pose mes trouvailles et prends le temps de regarder plus en détail l'état de Palmyre. Très vite, le constat est fait : des ecchymoses datant sans doute de deux ou trois jours, quelques petites lésions dues aux coups reçus. Une légère palpation suggère que rien ne semble cassé ou fracturé. Son kidnappeur a été efficace, les blessures indiquent un seul coup au visage, rien de plus. Assommer les gens doit probablement être habituel pour lui. Il faudra être prudent si on le croise.

En attendant son réveil, un brin d'aménagement pourrait rendre cette grotte moins austère. Je sors chercher de quoi former un paillage bien plus confortable que le mélange de terre et de caillasse qui recouvre le sol de notre intérieur. Un feu est évidemment impensable, on devra envisager de se nourrir de denrées ne nécessitant aucune cuisson le temps que nos poursuivants sont dans les parages. En arpentant les environs, je déniche divers aliments que nous allons pouvoir consommer. C'est donc avec des noisettes et des baies que je retourne dans notre petit abri de fortune.

Je m'assois et commence à manger une partie de ce que j'ai pu trouver en laissant une part à Palmyre pour son réveil.

Celui-ci arrive assez rapidement. La voyant bouger et reprendre peu à peu ses esprits, je me dirige vers elle avec ma gourde et un peu de nourriture.

— Tout va bien ? lui demandé-je d'une voix qui se veut la plus sereine possible.

— Abaka ? Où sommes-nous ? répond la jeune femme en se massant le crâne.

— Dans la forêt, à l'écart du village. Des chasseurs de primes sont après nous. Visiblement, on est recherchés pour meurtre.

— L'apothicaire ? s'enquiert-elle.

— Je ne vois que ça. Je nous ai amenés ici pour les attirer et les éloigner du village. Ainsi, nous aurons le champ libre.

— Bien pensé, c'est une excellente idée, mais pour que cela soit vraiment utile, il faut qu'ils puissent imaginer que nous sommes là, réagit-elle.

— Nous avons été suivis au début de notre fuite. Éléanor et Louis y ont laissé la vie. Je crois que ce sera suffisant pour les appâter, murmuré-je la voix tremblante.

— Morts ? Tu es sûr de toi ?

— Pour Éléanor oui, il n'y a aucun doute possible. Concernant Louis, le doute est permis, ça reste cependant très peu probable qu'il ait échappé à notre poursuivant.

— Alors, on peut considérer qu'il est envisageable de faire demi-tour et retourner au village, assure-t-elle d'une intonation qui pourrait sembler insensible au vu de la situation, mais son regard brillant transmet une tout autre information.

— Dans ce cas, allons-y.

J'aide mon amie à se relever en tenant son bras autour de mes épaules, lui rends ses armes, et nous reprenons notre périple.

Tandis que nous marchons, une odeur inquiétante m'assaille. Un parfum que je connais bien se glisse dans mes narines, celui de la fumée. Un feu ?

Je regarde autour de nous tandis que les battements de mon cœur s'intensifient. Je ne vois rien ! Aucune fumée nulle part ! Est-ce que les chasseurs de primes ont monté un camp près d'ici ?

Aucune raison ! Ils sont à notre poursuite, la nuit n'est pas encore là. Ils ne s'arrêteraient pas en pleine recherche pour prendre le goûter ! Alors, bon sang, d'où peut venir cette odeur ?

— Que fais-tu ? On doit avancer, me rappelle à l'ordre Palmyre.

— Excuse-moi, tu as raison. Mais j'ai l'impression de sentir une odeur de fumée.

— Je la perçois aussi, c'est pour cette raison qu'on doit faire vite. Soit les chasseurs pensent que c'est nous et ils vont y aller. Dans ce cas, il faut en profiter. Soit, c'est eux qui se reposent et là encore, il faut saisir l'occasion. Soit au contraire, c'est un incendie causé par eux et il faut se dépêcher pour arriver aux bateaux avant qu'ils ne reviennent.

— Allons-y vite ! dis-je, encouragé par les deux premières propositions de Palmyre.

Sur le chemin pour retourner au village, nous empruntons évidemment un itinéraire différent du premier. Les animaux qui restent habituellement à l'arrière de l'île se précipitent dans notre direction. Leur instinct les pousse à fuir !

— Suivons-les, rien ne vaut la volonté de survivre d'une bête sauvage, affirme Palmyre.

Courant rapidement à travers la forêt, l'ambiance oppressante créée par ce feu et la panique générale qui nous entoure fait que nous avançons vite. Notre route croise celle d'un petit groupe d'enfants. Ils sont recouverts de poussière, Palmyre les salue avec enthousiasme. L'un d'eux semble dans un état de santé lamentable.

— Que faites-vous ici ? s'enquiert-elle.

— Un homme étrange est venu nous dire de fuir la grotte. Il nous a indiqué par où passer pour être sûrs de ne rencontrer personne, répond l'un des garçons.

— Un homme ? répète-t-elle, abasourdie.

— Continuons ! dis-je, les coupant dans leur conversation. Nous parlerons de tout ça plus tard !

Nous nous remettons en route tous ensemble. Très vite, nous apercevons les abords du village. Sans marquer un quelconque arrêt, je tire Palmyre en direction du port, prenant tout de même soin d'éviter un passage en plein centre du lieu de vie.

Ne cherchant plus la discrétion, lorsque nos pas foulent le sable de la plage portuaire, je lance directement le cocktail Molotov, qui se trouvait dans mon sac, sur le pont de l'un des bateaux. Je pousse Palmyre sur le second qui semble désert et incite les enfants à la suivre.

Très rapidement, le groupe prend possession des lieux. Bien que ce soient des enfants, ils ont l'air d'avoir déjà voyagé et participé à la navigation de ce genre de navire.

Nous allons évidemment éviter de nous rendre à Swanford, où nous sommes activement recherchés. L'un des enfants m'apporte une carte. La ville de Tidehaven est la destination qui me semble la plus appropriée.

— Nous mettons le cap sur Tidehaven ! annoncé-je d'une voix que je veux la plus portante et pleine d'espoir possible.

Mon regard se pose sur Palmyre, enlaçant les enfants qui l'encerclent. Son large sourire est aussi flamboyant que le reflet du soleil couchant sur l'eau.

Ce moment de sérénité est interrompu lorsque quelques membres de l'équipage restés sur le bateau font leur apparition depuis une écoutille.

— Attention ! hurlé-je à l'intention des enfants.

Palmyre dégaine aussitôt son épée et empale l'un d'eux. Les deux autres commencent à hésiter.

— Est-ce qu'il y a d'autres personnes que nous à bord ? les interroge Palmyre.

— Dis, gamine, tu crois vraiment qu'on va te répondre ? Dans deux minutes, tu seras passée par-dessus bord, menace l'un d'eux.

— Tu es bien sûr de toi ! Et si l'on s'affrontait pour voir lequel de nous deux servira de repas aux poissons ? le défie Palmyre.

— Avec plaisir, conclut l'homme en dégainant sa lame.

— Les enfants, vous semblez être à votre aise sur ce bateau. Si vous savez comment faire avancer le rafiot, je vous laisse vous en occuper le temps que je règle leurs comptes à ces trois tocards.

Le navire quitte rapidement le port. Pendant ce temps, Palmyre lutte contre son opposant. Elle tente plusieurs attaques, mais l'homme qu'elle affronte les bloque et les contre facilement.

Pendant son combat, je prends mon arc et décoche une flèche dans la tête du troisième et dernier homme. Mon acte a pour effet de perturber l'adversaire de Palmyre, elle l'empale alors sans problème avec son épée. Sans perdre de temps, nous balançons les cadavres par-dessus bord.

Nous sommes maintenant seuls à bord, le bateau part. Mon regard se pose sur l'horizon et sur Palmyre enlaçant les enfants qui retournent sur le pont.

12. VOYAGE EN MER

Même si ma tête reste encore douloureuse, une joie m'envahit, celle de voir que ces enfants sont enfin sortis de la misère dans laquelle ils se trouvaient.

Le vent marin, bien qu'un peu frais, est réconfortant. Nous avons nous aussi échappé à notre lot de problèmes. Avec ce bateau, le monde est maintenant à notre portée ! Tidehaven paraît être un bon choix !

— Allons découvrir ce que contient la cale de ce navire, dis-je aux quelques enfants qui m'entourent. Je ne sais pas pour vous, mais personnellement, mon estomac crie famine !

— Oui ! acquiesce l'un d'eux qui semble le plus jeune et le moins touché par l'enfer qu'ils ont traversé.

C'est donc accompagné de trois petits gardes du corps, que j'arpente le bateau à la recherche de la réserve de nourriture.

Je découvre une écoutille qui permet d'accéder à l'intérieur du navire à l'allure luxueuse. À l'étage inférieur, nous arrivons dans la salle à manger, une grande pièce aux décorations élégantes. Au centre, on y trouve une immense table, éclairée par la lumière naturelle provenant des hublots. Nous prendrons nos repas ici.

Je pousse une porte qui s'ouvre sur une cuisine richement équipée bien que nous soyons sur un bateau. On peut voir un fourneau en fonte noire pour la cuisson du repas. Au-dessus trônent des étagères en bois sur lesquelles reposent des ustensiles. Plus loin, nous apercevons un évier en métal avec une pompe pour puiser l'eau douce. Proche de tout ça se trouve un plan de travail en bois. Son aspect est rustique, on y découvre quelques encoches laissées par un couteau.

Les enfants mettent la main sur les stocks de nourriture. Nous avons largement de quoi concocter un bon ragoût pour le repas de ce soir.

Avec leur aide, je commence à préparer le dîner. Pendant que les jeunes s'occupent des légumes, je fais fondre un morceau de lard. La graisse qu'il libère servira à la cuisson des légumes. J'y ajoute de la viande salée, faisant dorer chaque côté afin d'en dégager un maximum de saveurs. Rapidement, les enfants apportent les légumes coupés en petits dés. Je les fais revenir avant d'ajouter de l'eau et des pois qui avaient été mis à tremper. Une fois portée à ébullition, je couvre la marmite et laisse mijoter le tout. Le repas sera prêt dans deux ou trois heures.

Je pose ma cuillère et me dirige vers la porte quand deux enfants surgissent, un air grave sur leurs visages.

— Ambrose ! C'est Ambrose ! Il est vraiment très malade ! annonce l'un d'eux.

— Vous êtes allés voir Abaka ? demandé-je, ne sachant comment réagir face à la détresse de l'enfant.

— Oui, c'est lui qui m'a dit de venir te chercher.

Le groupe d'enfants et moi suivons nos deux guides qui nous conduisent à la chambre dans laquelle a été placé Ambrose. Le malade se plaint de maux de tête ainsi que de douleurs abdominales. Abaka, installé à ses côtés, réfléchit à son état préoccupant.

— Il est possible que ce soit une déshydratation ou une intoxication alimentaire, suppose le jeune apothicaire.

— Il lui faut quoi ? demandé-je.

— Je vais préparer une tisane de camomille. Peu importe la situation, qu'il s'agisse de l'un ou de l'autre, ça calmera ses symptômes. On ne peut pas faire plus tant que nous serons en mer, mais ce serait bien d'éloigner tout le monde. Nous ne devons pas prendre le risque d'une contagion, si mon diagnostic n'est pas bon.

J'acquiesce d'un hochement de tête. Je dois absolument écarter les enfants de la chambre sans les faire paniquer, et donc trouver de quoi les occuper. J'invite tout le monde à me suivre sur le pont en attendant d'avoir une idée pour distraire sept gamins sur un bateau.

— Vous voulez faire un cache-cache ? Évidemment, on évite la cuisine et la chambre d'Ambrose.

— Oui ! répondent-ils en cœur.

Je me tourne face à la cabine du capitaine et y colle mes bras. Je pose ensuite mon visage contre, ferme les yeux et entame le décompte à voix haute. Pendant ce temps, les cris joyeux des enfants s'éloignent. Il s'agit d'un lieu inconnu et relativement vaste, compter jusqu'à trente devrait être parfait.

Une fois le nombre atteint, je me lance à la recherche des petits. Ce jeu me permettra de visiter le bateau attentivement.

Je commence par le pont : il y a quelques tonneaux, j'en ouvre un, de l'eau. Une gorgée m'indique que c'est de l'eau douce. Voilà une bonne chose à savoir, mais ce n'est pas là-dedans que je vais trouver un enfant. Mon regard s'arrête sur le mât central. Au sommet, il y a un nid-de-pie, un enfant aurait-il pris un risque aussi important pour un jeu ? Partant du principe que je n'irai pas, l'un d'entre eux pourrait y voir l'opportunité d'une victoire facile. Je décide de monter et y découvre effectivement une jeune fille.

— Trouvée, dis-moi comment tu t'appelles.

— Mon nom de navigatrice, c'est Maddy, répond-elle de sa voix enfantine.

— Ton nom de navigatrice ?

— Oui, au début de la quatrième semaine, on nous donne notre nom de navigateur. C'est par celui-ci que l'on est appelé à partir de ce moment.

— Et avant ? l'interrogé-je.

— J'étais numéro 6.

— Descends prudemment, c'est dangereux, l'avertis-je, tentant de cacher mon cœur meurtri par ce qu'elle vient de me raconter.

Je quitte à mon tour la cachette.

À nouveau sur le pont, je regarde partout, attentive au moindre détail. Une corde qui attachait une voile de rechange est dénouée. Je m'approche discrètement, des petits rires me parviennent. Je relève doucement une partie de la voile.

— Sortez, je sais que vous êtes là ! dis-je.

— Comment tu nous as trouvés ? demande le plus jeune en s'extirpant de sa planque.

— Les rires n'aident pas à la discrétion, lui confié-je. Comment vous appelez-vous ?

— Navigateur Flynn, affirme-t-il avec un sourire, me saluant d'un geste de la main tel un marin.

— Et moi, c'est Jack. On est arrivés en même temps, continue-t-il, un sourire léger sur le visage.

— Vous étiez à la mine depuis longtemps ?

— Non, je crois pas. Peut-être sept jours. On est les derniers à être arrivés là-bas, répond Jack.

— D'accord, vous avez aussi passé du temps sur un bateau ?

— Oui, nous y sommes tous restés minimum quatre semaines, affirme Jack.

— Comment ça minimum ? demandé-je.

— Apparemment, ils ont un programme sur quatre semaines. Il y a des règles et quand on ne les respecte pas, le programme recommence. Si on les enfreint une seconde fois, ils nous jettent par-dessus bord, conclut Jack.

— Je vais chercher les autres. Je vous laisse vous occuper comme vous le voulez sur le pont, lui dis-je, un peu perturbée par ses propos.

Le petit Flynn ne semble pas avoir mal vécu son séjour sur le bateau. Je descends à l'étage inférieur en empruntant l'une des écoutilles. En bas, j'arrive dans un grand couloir, celui qui mène à d'autres chambres. Les fouiller une par une prendra un temps fou.

J'entre dans la première, le lit est parfaitement fait. Devant celui-ci se trouve une malle probablement prévue pour les affaires de l'occupant. Je regarde sous le lit et dans le coffre, mais ne découvre rien d'intéressant.

La cabine étant meublée sobrement, il n'y a pas d'autres endroits où pourrait se planquer un petit. Je passe dans la pièce suivante et procède aux mêmes vérifications.

Je poursuis mes fouilles, chambre après chambre. C'est dans la quatrième que je constate que la caisse devant le lit n'est pas complètement fermée. Une fois ouverte, celle-ci révèle un garçon tentant de se cacher.

— La partie s'arrête ici pour toi ! annoncé-je.

— T'es trop forte ! commente-t-il.

— Comment t'appelles-tu ? demandé-je d'une voix douce.

— John et toi ?

— Mon nom est Palmyre.

Je tends une main pour aider le jeune à sortir de la malle.

— Comment vous êtes-vous retrouvés sur le bateau ? m'enquiers-je.

— Un jour, une dame est venue me réclamer de l'aide, elle m'avait promis de la nourriture pour mes parents et moi en remerciement. Je l'ai suivie, elle était gentille. Apparemment, ça la fatiguait beaucoup. Puis cette dame m'a enfermé avant de me donner au capitaine.

— Elle t'a donné au capitaine ? répété-je, estomaquée.

— Oui, ensuite, je suis resté six semaines sur le bateau avant d'arriver à la mine.

— D'accord, file sur le pont avec les autres !

À peine ai-je dit ça que John court déjà en direction de l'étage supérieur. J'en profite pour retourner en cuisine remuer le plat. La délicate odeur du ragoût se diffuse dans la pièce.

Une fois cela fait, je reprends ma quête. Il me reste encore trois enfants à dénicher. L'écoutille que j'emprunte me mène à une salle d'eau. Des petites douchettes sont présentes, reliées à des pompes pour puiser de l'eau douce dans les réserves. Cependant, aucun gamin à l'horizon.

Je reviens sur mes pas, et me rends plus bas. Je finis par arriver dans le compartiment de stockage où sont rangées les munitions. Beaucoup de caisses sont alignées, empilées les unes sur les autres. La pièce, pas très grande et plutôt sombre, en est remplie. Je fais le tour, zigzaguant entre les piles, à la recherche d'enfant. Et quelle surprise d'en trouver non pas un, mais bien deux petits dissimulés parmi les boîtes d'explosifs.

— Dites-moi vos noms.

— Navigateur Will, répond le garçon.

— Navigatrice Mina, poursuit la jeune fille.

— Comment vous êtes-vous retrouvés sur le bateau ?

— J'ai été vendue par mes parents au capitaine, ils avaient besoin d'argent, annonce Mina.

— J'ai été enlevé puis vendu au capitaine, continue Will.

— Entendu, allez sur le pont. Il ne me reste plus qu'un enfant à récupérer.

Sans plus de question, les petits navigateurs se rendent sur le pont.

Je retourne dans les lieux de vie plus habituels du bateau. Au même niveau que la cuisine, il y a un salon aménagé de façon luxueuse où se trouvent une bibliothèque et quelques fauteuils. Je m'approche de la réserve de livres. Même si mes parents étaient plutôt aisés, nous n'avions que peu d'ouvrages.

Alors que je longe la collection de livres, je remarque que quelque chose bouge et se glisse rapidement sous un fauteuil. Je ne suis pas parvenue à distinguer de quoi il s'agissait, cependant, il me paraît évident que c'est le dernier enfant.

— Tu peux sortir, annoncé-je calmement.

À ce moment, je vois la traîne du fauteuil remuer et une jeune fille avec une large cicatrice ressemblant à une étoile sur la main droite se dévoiler.

— Comment t'appelles-tu ?

— Je suis navigatrice Jade.

— Alors navigatrice Jade, je t'annonce que tu es la grande gagnante de cette partie. Tous les autres ont été trouvés avant toi !

Nous retournons ensemble sur le pont. Une fois tout le monde réuni, je propose aux enfants d'aller se doucher. Après une ou plusieurs semaines dans une mine, ça ne peut qu'être positif pour eux.

Je les conduis à la salle d'eau avant de rentrer dans la cuisine m'occuper du repas. Le plat est presque prêt, je fouille la pièce jusqu'à trouver ce qu'il faut pour préparer la table et mets le couvert. Une fois le tout en place, je retourne dans la chambre d'Ambrose auprès d'Abaka et de l'enfant.

— Comment ça se passe ? demandé-je à l'apothicaire.

— Difficile à dire, j'ignore totalement de quoi il souffre. Je peux traiter les symptômes pour le moment, ce qui est déjà bien en soi. Cependant, ça ne sera pas suffisant pour assurer sa survie sur le long terme.

— Dans le salon se trouve une immense bibliothèque, tu pourras sûrement y découvrir des livres sur la médecine.

— Je vais aller voir, déclare Abaka en sortant de la pièce.

Ainsi, nous laissons le malade, actuellement endormi, se reposer. Je retourne en cuisine. Des enfants sont déjà là, propres et affamés. Installés à table, ils sont prêts à dévorer le repas.

De plus en plus de gamins arrivent et s'assoient. Rapidement, il ne manque plus qu'Ambrose et Abaka. Je me rends donc dans le salon pour chercher l'apothicaire qui m'annonce qu'il faut laisser le petit se reposer. Nous lui mettrons une part de côté, et il mangera en se réveillant.

Nous retournons dans la salle à manger, servons tout le monde et commençons le dîner. Les enfants, heureux, discutent de leur aventure.

— Racontez-moi d'où vous venez et comment s'est passé votre voyage en bateau jusqu'à l'île, demandé-je.

— J'ai appris à pêcher avec le filet, annonce Jack.

— Et moi à le réparer, mais on a tous un peu appris à contrôler le bateau, intervient Maddy.

— J'ai appris que la conduite et le fonctionnement du bateau, mais c'était amusant, dit Flynn.

— J'ai dû recommencer. Lors de la troisième semaine, j'ai fait un coucou à Ambrose. Le capitaine m'a vue et m'a punie, avoue Jade tristement.

— Il t'a punie ? questionné-je.

— Oui, j'ai dû recommencer depuis la première semaine, répète Jade.

— Nous devons passer quatre semaines sur le bateau. La première, nous n'avons aucun contact à part avec l'homme qui nous apporte notre repas deux fois dans la journée. Ensuite, lors de la deuxième semaine, nous pouvons sortir deux heures, ils nous donnent un numéro pour nous appeler. Les seules personnes avec qui on a le droit de communiquer, c'est le capitaine et ceux qui nous expliquent nos tâches. On apprend à faire ce dont ils peuvent avoir besoin. La troisième semaine, on sort toute la matinée de notre chambre et on peut parler à tous ceux qui travaillent avec nous, sauf les enfants. Pendant la quatrième semaine, nous avons notre nom de navigateur et on peut bavarder avec absolument tout le monde, mais toujours pas avec les autres enfants. À la fin de cette semaine, on est emmenés dans la mine, mais parfois ils viennent rechercher un enfant pour le bateau en cas de besoin. Si l'on ne respecte pas les règles, la première fois on revient à la première semaine, la seconde ils nous jettent à l'eau, m'informe John.

— Quelles étaient les règles ?

— Interdiction de parler aux autres enfants, de pleurer, de voler de la nourriture, de parler de notre vie d'avant, de mentionner notre ancien nom, et plein d'autres, conclut le garçon.

Nous apprenons qu'ils ont tous été vendus soit par leurs parents, soit bien souvent par des personnes les ayant enlevés. Nous leur racontons également notre voyage.

Une fois le repas terminé, je me rends dans la cuisine afin de laver les assiettes et les couverts. Pendant ce temps, l'un des enfants débarrasse la table, un deuxième essuie, un troisième range la vaisselle. Tout est vite nettoyé.

Je les accompagne dans les chambres, borde chacun d'entre eux et leur souhaite une bonne nuit. Je vais également dans le salon, où se trouve la bibliothèque, afin de saluer Abaka.

— Tu trouves quelque chose ?

— Rien, ça peut être tellement de choses ! Je ne trouve rien qui pourrait valider ou éliminer l'une des options.

— Je vais dormir, n'hésite pas à me réveiller si besoin. Bonne nuit.

— Bonne nuit à toi aussi.

Je prends mes quartiers dans une chambre inoccupée, où je me laisse rapidement portée dans le monde des rêves.

Le lendemain matin

Bercée par les mouvements du bateau qui progresse lentement en suivant les vagues, j'ai passé une nuit reposante. Dès le réveil, je commence par prendre une douche que l'on ne peut plus apprécier avant d'aller saluer tout le monde.

Abaka a stoppé sa lecture et prend le petit déjeuner avec les enfants. Je me joins à eux.

— Tout le monde a bien dormi ? demandé-je.

— Oui ! disent-ils à l'unisson.

Abaka garde le silence, mais les poches sous ses yeux répondent pour lui.

— Tu as trouvé une solution pour le petit Ambrose ?

— Toujours rien, confie-t-il tristement.

— Tu vas trouver ! On n'est pas très loin de Tidehaven, il est possible que quelqu'un puisse le prendre en charge sur place !

— Il nous reste une ou deux heures de bateau. Flynn a aperçu le port à la longue-vue ce matin, confirme Jack.

Assez soudainement, à l'autre bout de la table, de l'agitation se crée autour du petit John.

— Que se passe-t-il ? intervins-je en les séparant.

— J'ai ramassé ça avant de partir de la mine, répond le jeune garçon, rougissant de honte.

— Pourquoi lui, il a le droit d'en avoir un ? s'énerve Jade.

— C'est lui qui l'a récupéré, c'est normal que ce soit lui qui le garde, dis-je.

Abaka voit le morceau de roche gris bleuâtre dans la main du garçon, ses yeux s'illuminent, un sourire se forme sur son visage.

— C'est du plomb ? interroge Abaka.

— Oui, acquiesce John, surpris de la réaction de l'apothicaire.

Abaka se relève aussitôt et quitte la pièce rapidement sans prononcer un mot.

— John, prends-en soin, tu pourras probablement le vendre à Tidehaven contre un peu d'argent. Je suis Abaka, mais pas de grabuge ! Je compte sur vous !

Je me lance ensuite à la poursuite de l'apothicaire. Je le vois courir, un livre en main, en direction de la chambre d'Ambrose. Je l'y accompagne.

— Tu souffres de saturnisme, mon grand ! Une maladie qu'attrapent les mineurs qui travaillent dans les mines de plomb ! Elle cause diverses choses, notamment des douleurs abdominales, des maux de tête et bien d'autres choses pouvant mener jusqu'à la mort. Te concernant, ce sont seulement les premiers symptômes que tu as. Ceux du début de la maladie. Il te suffira de te soigner, et surtout de ne plus aller à la mine pour que ton état s'améliore, annonce Abaka, enjoué.

— Du saturnisme ? Et ça va passer tout seul ? lui demande Ambrose.

— Oui, tu n'iras plus à la mine. Il faudra que tu fasses attention au début, que tu ne te surmènes pas et que tu manges bien !

— Juste du repos alors ? s'assure une nouvelle fois l'enfant.

— Oui, et des repas équilibrés. Dans quelques semaines, tu seras de nouveau sur pieds ! Par contre, sans ça, ton état peut continuer à se dégrader. Donc, je compte sur toi pour faire les choses bien, conclut Abaka.

Le son d'une corne de brume résonne. Je retourne sur le pont sans attendre. J'y retrouve les enfants, dont Flynn qui souffle dans l'instrument afin de prévenir les travailleurs du port de notre arrivée imminente.

Bientôt, les voiles seront repliées pour pénétrer à douce allure dans le chenal étroit du port.

13. TIDEHAVEN

Il est bon de pouvoir poser pied à terre malgré les bons moments partagés sur l'eau ; la terre est si rassurante. Tidehaven est mouvementée, tout juste sommes-nous descendus du bateau qu'un travailleur portuaire nous interpelle.

— Eh ben ! Vous en avez pour une sacrée somme avec tout ça, m'dame.

— C'est vrai qu'il est magnifique et très confortable, réponds-je.

— Carrément, le navire est canon. Pour la marmaille, ça se passe sur la place du marché, mais secouez-vous, vous êtes à la bourre.

Je me rapproche d'Abaka qui aide Ambrose dans ses déplacements.

— Il faut vendre le bateau sans tarder. C'est essentiel pour gagner de l'argent, assurer les prochains jours aux enfants, et subvenir à nos besoins.

— Je te laisse t'en occuper. Je vais trouver un apothicaire pour Ambrose.

Sur ces mots, Abaka et les enfants se dirigent vers l'intérieur de la ville portuaire et moi vers la taverne du port.

Lorsque je pousse la vieille porte en bois de celle-ci, l'odeur du rhum me monte au nez. Les marins dansent et chantent bruyamment, comme s'ils étaient seuls au monde, pendant qu'un homme au sourire édenté les accompagne au piano. Je m'approche du comptoir et interroge le barman.

— Savez-vous à qui je peux m'adresser pour vendre mon bateau ?

Sans un mot et d'un mouvement de tête discret, il désigne un homme barbu assis à une table dans un coin calme de la pièce. Je me dirige vers lui.

— Toi, tu es trop jeune pour avoir quelque chose à refourguer ! Tu veux un bateau pour fuir d'ici, je parie, dit-il d'une voix usée par le tabac, sa main écrasant un mégot de cigarette.

— Raté, j'ai un très beau bateau à vous proposer !

— Et d'où vient-il ce beau bateau ?

— D'un héritage, et disons que les vagues ne me réussissent pas.

— Allons voir ce rafiot ! affirme le vieil homme aux cheveux grisonnants.

Nous sortons de la taverne et je le guide jusqu'au quai où se trouve l'objet de notre conversation.

— Magnifique, en effet, mais ton héritage ressemble quand même beaucoup au navire du capitaine Ashford.

— Si vous ne le voulez pas, je peux aller voir ailleurs, quelqu'un d'autre acceptera bien de me l'acheter.

— Et tu en veux combien de ton « héritage » ?

À ce moment, je me fige, négocier, je sais faire, cependant, je n'ai absolument pas réfléchi au prix que je pourrais demander, les bateaux, ce n'est pas quelque chose de courant par chez moi.

— Si je peux en tirer cent mille jetons, ça serait parfait, répondis-je, prise au dépourvu.

— Cent mille ! Ma petite, tu le sors d'où ton prix ? C'est certes un bel objet, mais tu sais aussi bien que moi qu'il a été volé. Il va falloir que je le modifie pour pouvoir le revendre. Tu n'en obtiendras pas plus de cinquante mille jetons, que ce soit auprès de moi ou de quelqu'un d'autre, rit-il.

Cinquante mille à partager avec tout le monde, ça fera cinq mille jetons. Nous aurons largement assez pour continuer notre périple, et les enfants de quoi voyager pour retrouver leur famille.

— C'est entendu, je prends les cinquante mille jetons !

— Suis-moi dans ce cas.

Le vieil homme retourne à la taverne et me conduit à l'arrière du bâtiment. Nous entrons dans une petite pièce qu'il verrouille. Il sort ensuite d'une cachette une quantité importante de jetons d'obsidienne de valeur variable.

— Voici cinquante mille jetons.

Il me tend un sac rempli d'obsidiennes. Je le saisis et y compte vingt-cinq pièces valant deux mille jetons.

Après vérification, je valide le montant, le vieil homme, dont j'ignore toujours le nom, ouvre la porte. Nous retournons au port afin qu'il puisse prendre possession du navire et nous nous quittons sans plus de discussion.

Je me dirige vers l'intérieur de la ville afin de retrouver Abaka et les enfants. Les rues sont désertes, mais je peux y entendre résonner le monde se trouvant sur la place du marché. Je repère rapidement la boutique d'un apothicaire. J'y entre et y vois les petits accompagnés d'Abaka qui se rapproche tout de suite de moi.

— As-tu réussi à vendre le bateau ? me demande-t-il.

— Oui, nous avons cinq mille jetons d'obsidienne chacun.

— Nous en avons besoin de mille pour guérir Ambrose.

Je tends donc deux mille jetons à l'apothicaire qui m'en rend la moitié.

— Tout est bon pour Ambrose ? m'enquiers-je.

— Oui, il va rester ici avec Jade. L'apothicaire prendra soin de lui.

— Parfait !

Je donne alors aux deux enfants leur part du bateau, prenant sur moi la note de l'apothicaire. Nous sortons ensuite afin de retourner dans la rue.

— Que voulez-vous faire maintenant les enfants ? Où voulez-vous aller ?

— Je vais retrouver mes parents, d'après la carte du bateau, ils habitent dans une ville pas très loin, répond Will.

— Tu penses que tes parents m'accepteraient ? demande Mina.

— Bien sûr, mais tes parents à toi, tu ne veux pas les revoir ?

— Ce sont eux qui m'ont vendue, rien ne m'assure qu'ils ne le feront pas une seconde fois, conclut Mina.

Chaque enfant prend sa décision, certains partent en voyage pour retrouver leur famille. D'autres profitent de cette opportunité pour prendre un nouveau départ, comme Flynn qui souhaite rester en ville et devenir marin. Chacun s'empare de sa part de la vente du bateau, et c'est ainsi qu'après une demi-heure d'adieux déchirants, nous nous séparons.

Abaka et moi, intrigués par l'agitation provenant de la place du marché, choisissons de nous y rendre. Plus on s'approche du lieu, plus des éclats de voix se font entendre. Rapidement, nous arrivons aux abords de la place. Beaucoup de monde se trouve assis sur des chaises face à une estrade où semble défiler un enfant attaché au cou par une corde. Il ne porte que des sous-vêtements, il est quasiment nu, se montrant et défilant pendant que des personnes devant la scène se lèvent en hurlant des nombres incohérents.

— Quinze mille ! crie l'un d'eux.

— Trente mille ! ajoute un second.

— Trente-cinq mille ! poursuit le premier.

— Ils enchérissent sur quoi ? demandé-je à voix basse.

— Je crois que c'est l'enfant qu'ils veulent acheter, me répond Abaka, confirmant mes craintes.

— On devrait peut-être prendre Ambrose et l'emmener chez un apothicaire d'une autre ville, tu ne penses pas ?

Lorsque je prononce ces mots, le visage d'Abaka pâlit. Très vite, il revient sur ses pas, courant en direction du lieu où se trouvent les deux petits que nous avons laissés. Je le suis sans perdre de temps.

Lorsque nous arrivons, nous trouvons porte close.

— Il va les vendre ! C'est évident ! Il faut y retourner ! s'exclame Abaka, paniqué.

Nous reprenons la direction de la place du marché en changeant de chemin afin d'arriver côté scène.

Derrière l'espace de vente se trouvent des cages métalliques verrouillées. Chacune d'elles enferme un enfant. Des dizaines de prisons ambulantes sont posées là, laissant leurs détenus en plein soleil, voués à un sombre avenir.

— Ici ! crie Abaka devant une cage.

En effet, nous retrouvons Ambrose dans une cage et Jade dans celle d'à côté. Abaka attrape un caillou et frappe la serrure dans le but de la casser. L'objet ne bouge pas, il subit tout juste quelques égratignures, c'est insuffisant pour parvenir à le libérer.

Alors que nous tentons de forcer la serrure de la cage d'Ambrose, le vendeur nous surprend. Il donne aussitôt l'alerte. Nous n'avons pas le choix de fuir, abandonnant les enfants à leur sort. Je tire Abaka, l'encourageant à me suivre.

— Rester ici ne les sauvera pas ! On ne peut pas ouvrir les cages. Nous risquons de nous faire attraper et tuer !

— C'est ma faute s'ils sont là, je ne peux pas les laisser ! dit-il, accroché aux barreaux qui retiennent prisonnier Ambrose, les yeux gorgés de larmes.

— Vous devez y aller, c'est trop tard pour nous, confirme Ambrose.

Je tire une énième fois sur l'un des bras d'Abaka tenant la cage, il finit par se résigner et me suivre.

Nous courons pour nous éloigner de la place. Sur notre chemin, nous croisons des chevaux attachés, probablement par des personnes assistant à la vente. Sans réfléchir, j'en détache deux et fais signe à Abaka de monter.

Quitter Tidehaven est la seule solution qu'il nous reste.

14. AU GALOP

Nous quittons la ville au galop sans aucune destination en tête. Comme si rien ne pouvait nous arrêter, nous avançons, demandant aux chevaux d'accélérer encore et encore. Les chocs rapides de leurs sabots contre le sol soulèvent la poussière derrière nous, créant un nuage empêchant quiconque de nous suivre de trop près. Après un temps, nous arrivons dans une forêt dense.

Tout juste sommes-nous entrés, nous descendons de nos montures.

— Trouvons quelques plantes, ça pourrait nous être utile, affirme Abaka.

— Je te suis !

Sortant du sentier, nous faisons le plein de plantes médicinales. Ensuite vient l'installation d'un camp proche d'une rivière découverte lors de nos divagations.

Une petite hutte faite de branches et de feuillages nous abritera en cas de pluie. La rivière permettra aux chevaux de s'hydrater. Bien que nous ne restions pas longtemps ici, avoir un camp peut être utile.

Le refuge monté, Abaka retourne chercher des plantes médicinales et de quoi manger. Pendant ce temps, je demeure aux abords du point d'eau et veille sur nos montures, tout en préparant le sol de la hutte. Je retire les feuilles, les branches et les pierres qui se trouvent dans l'abri, je commence ensuite à creuser une mince tranchée profonde d'une dizaine de centimètres pour éviter une inondation.

Durant mon labeur, j'entends des personnes se rapprocher. Mon premier réflexe est de prendre de la hauteur, je grimpe donc à un arbre à proximité du camp et surveille les alentours.

Un groupe de pêcheurs s'approche de la rivière, ils sont de

l'autre côté de la rive. Ils sont trois, avec des cannes à pêche et une petite boîte contenant vraisemblablement quelques appâts. L'un d'eux finit par repérer les chevaux et l'abri.

— Hey, regardez là-bas, il y a des chevaux !

— Probablement des voyageurs qui font une pause. Ignore-les et mets-toi à pêcher si tu veux avoir quelque chose à manger ce soir, répond son acolyte.

Comprenant que je ne risque rien venant d'eux, je descends de mon perchoir et pars retrouver Abaka qui se trouve non loin de là.

— Il y a des pêcheurs, donc un village ne doit pas être loin, lui annoncé-je.

— Excellente nouvelle, avec un peu de chance, ils ne seront pas intéressés par la prime que représentent nos têtes. Allons-y !

Sans profiter de notre abri, nous remontons sur nos chevaux, traversons la rivière au galop et continuons en ligne droite dans l'espoir de croiser le bourg d'où viennent les pêcheurs.

Sortis de la forêt, nous apercevons au loin ce qui semble être un rassemblement de bâtisses.

— Pouvons-nous considérer ce que nous voyons comme étant un village ? dis-je, un sourire se laissant entendre dans ma voix.

— Tu avais raison, réplique Abaka d'un air enjoué.

Rapidement, nous arrivons aux portes d'Ashbury, les maisons sont construites en pierres, il n'y a aucun grand bâtiment, il ne semble pas y avoir de gros commerce non plus. Où avons-nous atterri ?

— Au moins ici, ils ne sauront rien nous concernant, affirme Abaka.

— Effectivement.

La seule source d'information se révèle être un petit journal d'une ville voisine, un quotidien paru il y a quelques jours. Je descends de la monture, attrape une revue et la feuillette. Nous sommes mal placés pour critiquer leur manque d'informations quand nos dernières nouvelles nous sont parvenues de chasseurs de primes, qui nous disaient qu'ils étaient à notre recherche.

Dans ce quotidien, ce que j'apprends est mauvais.

— Je pense que tu vas vouloir retourner à Midfort !

— Pour quelle raison ? m'interroge le jeune apothicaire.

Ma réponse consiste à lui transmettre le journal que je tiens. Un article annonce que Midfort subit une vague de contamination de la fièvre démoniaque.

— Tu as raison, nous devons y aller.

— D'après la carte indiquant où frappe le plus la maladie, nous sommes ici, dis-je, montrant du doigt le village. Passons par Lunaris pour faire une coupure dans le voyage. Nous n'arriverons pas à Midfort sans une pause.

— Lunaris ? Mais ils sauront forcément que nous sommes recherchés !

— Il faudra être discrets, lui réponds-je après un haussement d'épaules.

C'est ainsi que nous partons pour Lunaris. À cheval, le chemin sera rapide.

15. CONNAISSANCES

Nous attendons discrètement à l'entrée de Lunaris que la nuit tombe et tentons d'y entrer. Avec le coucher du soleil, les gardes sont moins vigilants.

Une fois à l'intérieur de la partie fermière de la ville, seuls nos vêtements peuvent nous trahir. Nous trouvons une petite cabane vide de vie où passer la nuit.

Le lendemain

Un vacarme me sort de mon sommeil.

— Que faites-vous ici ? nous interpelle un homme en uniforme que je ne parviens pas à distinguer, aveuglée par la lumière du soleil.

— Nous sommes des voyageurs. Nous avons pris refuge ici pour la nuit, mais nous allons repartir. Laissez-moi vous donner quelques jetons en guise de remerciements.

— Je ne veux pas de votre argent, je veux que vous partiez ! répond d'un ton méprisant une femme que je n'arrive pas à voir.

Alors que mes yeux peinent encore à s'habituer à la luminosité ambiante, on me tire hors du foin qui me servait de lit. Je tourne la tête et constate qu'il en est de même pour mon compagnon de voyage.

Arrêtés, nous sommes conduits dans les geôles du château du roi. C'est un grand bâtiment qui s'étend sur plusieurs étages, bordé de vastes jardins. Des dizaines de jardiniers sont présents pour entretenir les fleurs qui décorent les alentours du château.

Ensemble dans la même cellule, nous avons deux paillasses pouvant servir de lits, et un coin à l'odeur repoussante où se soulageaient probablement les prisonniers précédents.

— C'est un comble ! On est recherchés pour meurtre et on est incarcérés pour avoir dormi dans une grange, se plaint Abaka.

— Vous avez tué qui, les gamins ? questionne le détenu se trouvant dans la cellule en face de la nôtre.

— Un apothicaire, il a tenté de nous enlever quand nous sommes entrés dans son officine pour lui vendre quelques plantes médicinales, dis-je sans plus de conviction.

— Eh ben, il ne faut pas vous embêter, les mioches.

Un claquement de porte retentit, on voit ensuite débarquer deux hommes d'armes royaux.

— Les gamins ! Venez avec nous, on doit vous poser quelques questions, annonce l'un d'eux en ouvrant la porte.

Ils nous conduisent dans une salle où nous pouvons nous asseoir.

— Expliquez-nous qui vous êtes, exige l'un d'eux.

— On vous l'a dit, nous sommes de simples voyageurs, intervient Abaka, exaspéré de la situation.

— Je pense que vous êtes un peu plus que ça, suppose le militaire, nous montrant une affiche communiquant la prime sur notre tête.

— OK, vous voulez savoir quoi ? demandé-je.

— Qu'est-ce qui amène des personnes très recherchées, notamment pour meurtre, à venir prendre refuge dans une grange de la ville la plus surveillée du pays ?

— Nous devons nous rendre à Midfort, nous avons un ami qui y habite. S'il est malade, nous devons l'aider, affirme Abaka.

Les deux gardes royaux se regardent.

— L'aider ? Comme si vous pouviez le soigner, doute l'un d'eux.

— Le soigner, peut-être pas, mais on peut lui fournir ce qu'il faut contre les symptômes, poursuit Abaka.

— Il te faut quoi pour traiter les malades ? interroge l'autre homme.

— Ma besace, j'ai un tas de plantes médicinales dedans, affirme Abaka.

Les deux hommes du roi s'éloignent et commencent à chuchoter, malgré leur envie d'être discrets, nous pouvons entendre leur conversation.

— Ils pourraient peut-être guérir la fille du roi ! se réjouit le premier.

— Tu ne penses pas sérieusement aller voir le roi et lui dire : « Votre Majesté, nous avons des prisonniers pour meurtre, et si on les laissait s'approcher de votre fille avec des plantes dont on ignore tout », désapprouve le second.

— Mais s'ils parviennent réellement à aider la princesse, le roi nous récompensera ! insiste le premier.

— Et s'ils la tuent, on sera pendus avec eux ! l'interrompt le second.

— Malade ? De quoi souffre-t-elle ? demande Abaka.

Les deux hommes se tournent vers nous, surpris de découvrir que nous entendions tout depuis le début.

— Nous l'ignorons, mais ça ne doit pas se savoir, nous informe le second.

— Sinon, vous serez obligé de la frapper et de la jeter hors du village, craché-je d'un ton de reproche.

— Récemment, l'un des apothicaires de la ville a été appelé pour la soigner, il n'a pas réussi et le roi l'a fait exécuter, poursuit le second sans relever ma remarque.

— C'est d'accord, mais vous ne devez plus traiter les malades de cette façon, impose Abaka.

— Ça ne dépend pas que de nous, et me concernant, je ne suis pas pour le fait de vous emmener voir le roi, objecte le second.

— Je vous y conduis, affirme le premier homme.

— Je vous accompagne, mais je ne veux pas être assimilé à votre plan. Je suis là en spectateur uniquement, conclut le second.

Nous sommes escortés par les deux des gardes du roi. De grands escaliers mènent à un lieu qu'on ne parvient pas à voir depuis la sortie de la prison. Ici encore, beaucoup de personnes sont présentes pour s'assurer que le château reste d'une propreté immaculée.

Au sommet de ce long escalier, nous faisons face à une large pièce, au fond se trouvent le roi et la reine, chacun sur leur trône. Nous avançons vers eux.

— Mon roi, ces étrangers prétendent pouvoir soigner les maladies, annonce le premier garde en posant un genou au sol et en inclinant la tête.

— Tu as laissé des étrangers pénétrer dans mon château ! s'insurge le roi.

— Veuillez m'excuser, mon roi, je pensais que c'était une bonne idée. Si au moins, nous pouvions masquer les symptômes de mademoiselle la princesse, se confond en excuses le garde.

— Vous ! De quoi êtes-vous vraiment capables ? demande le dirigeant.

— Nous avons en notre possession différentes plantes médicinales qui peuvent en effet cacher les symptômes et potentiellement guérir des malades.

— Qu'on laisse ces personnes entrer dans la chambre de ma fille, trois gardes resteront avec eux. Et toi ! Puisque tu leur fais confiance, tu serviras de goûteur. On ne fait rien avaler à ma fille que ce garde n'a pas essayé plusieurs heures avant, annonce le roi. Si vous sauvez ma fille, j'aurai une dette envers vous. Dans le cas contraire, vous serez pendus, et le garde qui vous a recommandés également.

Un groupe de personnes s'approche de nous et nous pousse à marcher. Nous suivons alors ces gardes vers le lieu où l'on doit se rendre. Passant par de nombreux couloirs, faisant des tours et des détours, j'ai l'impression qu'ils cherchent à nous perdre dans ce château, probablement afin que nous ne puissions nous servir de cette information plus tard. La zone où se trouve la chambre de la princesse est donc un endroit tenu secret. C'est après cinq longues minutes que nous faisons enfin face à la chambre de la fille du roi. La double porte rouge y menant est grandiose, ornée de différents symboles de couleur or.

L'un des deux gardes devant nous ouvre l'accès à la chambre princière. La pièce est immensément grande, une surface non négligeable de l'endroit est surélevée de quelques marches permettant d'atteindre le lit de la malade qui y est endormie.

Je reconnais aussitôt ce visage, il s'agit de la jeune femme que j'ai rencontrée lors de notre dernière visite à la capitale.

Abaka s'approche, il pose délicatement sa paume sur le front de notre patiente, puis attrape sa main, la serre légèrement avant de la relâcher. Il ouvre ensuite sa bouche pour l'inspecter.

— Quels sont ses symptômes ? demande-t-il aux personnes se trouvant dans la pièce.

— La princesse a été prise de soudaines douleurs au ventre, affirme l'une des servantes.

Abaka s'avance vers un garde, et ensemble ils discutent sans que je parvienne à comprendre ce qu'ils se disent. À la suite de cet échange, mon camarade se dirige vers une bonne et s'adresse à elle.

— Je vois. Puis-je vous demander de lui faire une infusion avec ceci, s'il vous plaît ? demande-t-il gentiment, lui confiant un sachet chargé d'églantiers.

— Bien sûr, monsieur, je fais ça tout de suite.

La ménagère quitte la pièce en courant, la bourse en main.

— À quoi penses-tu ? l'interrogé-je.

— Il est possible que ce soit une petite indigestion, mais rien de très grave, m'informe Abaka.

— Comment ça, « il est possible », tu as un doute ?

— Un léger, mais qui sera vite résolu.

— Pourquoi une infusion d'églantier pour des maux de ventre ? le questionné-je.

— Tu le découvriras bien assez tôt, admires un peu le spectacle.

La servante revient, une tasse en main. Abaka s'approche d'elle avant de s'adresser à elle suffisamment fort pour que toute la pièce entende.

— Vous pouvez la boire, je n'en ai plus besoin.

— Non merci, je n'aime pas l'églantier, répond-elle timidement.

— Vous n'y verrez aucun inconvénient à ce que quelqu'un d'autre la boive dans ce cas, dit-il en attrapant le remède.

— Donnez-la-moi, je vais nous en débarrasser.

— Pourquoi la jeter ?

Il tend la boisson à une autre des servantes, qui l'accepte volontiers.

— Non, ne la bois pas, tu vas être malade ! affirme la jeune femme ayant fait infuser la boisson.

— Pourquoi ça ? demande Abaka, un large sourire sur le visage.

— J'y ai écrasé quelques baies de gouet. Ce n'est pas mortel, mais ça rend souffrant. Mon fils en a mangé, il est tombé malade et a été tué pour ça, de peur que ce soit la fièvre démoniaque. Je voulais simplement faire vivre au roi un peu du cauchemar que j'ai vécu.

Le garde auquel avait parlé Abaka s'approche d'elle et l'emmène probablement devant le roi avant de finir dans la prison du château.

— Ne vous inquiétez pas pour la princesse, faites-lui boire beaucoup d'eau, ça sera suffisant pour que les symptômes disparaissent et qu'elle se sente mieux, annonce Abaka.

— Comment as-tu su ? le questionné-je.

— Elle avait quelques traces de brûlures au niveau de la gorge, mais la plupart des empoissonnements aux plantes donnent cette réaction. Donc je suis allé demander au garde qui avait préparé la dernière boisson ou le dernier repas avant que la princesse ne tombe malade. Il me l'a désignée, et je l'ai sollicitée pour qu'elle me concocte autre chose.

— Et ça t'a permis de découvrir quel type d'empoisonnement c'était et de savoir si c'est grave ou non !

— Exactement !

Un garde franchit l'entrée de la chambre et se tourne vers nous.

— Monsieur, Sa Majesté le roi souhaite vous voir.

— Nous arrivons, affirme Abaka.

C'est ensemble que nous suivons l'homme, déambulant de pièce en pièce jusqu'au dirigeant.

— Je vous remercie pour votre aide. Mes servantes vous préparent un repas et des chambres. Prenez le temps de vous reposer et de vous sustenter autant que vous le voulez. Apothicaire, si vous acceptez de vous installer dans notre château et de devenir notre soigneur personnel, ce sera avec plaisir. Vous ne manquerez plus jamais de rien. Je fais également lever la prime sur vos têtes.

— Merci, Votre Majesté, mais tout cela n'est pas nécessaire, affirme Abaka.

— J'insiste, vous avez sauvé la vie de ma fille, je me dois donc de vous remercier pour cela.

— Il ne me semble pas que contrarier le roi soit une bonne idée, chuchoté-je à mon ami.

— Nous n'avons pas le temps pour tout ça, proteste Abaka.

— Mais un roi qui est capable de te tuer pour une petite toux n'est pas vraiment une personne qu'il est judicieux de se mettre à dos, poursuis-je.

— D'accord pour le repas et la nuit, mais dès demain matin, on reprend la route, planifie Abaka.

— C'est une évidence, le rassuré-je.

Sur ces mots, la conversation est close, je retourne voir le roi dans la salle du trône, pendant qu'Abaka s'en va vaquer à ses occupations.

— Votre Majesté, puis-je me permettre de vous demander une faveur ?

— Bien sûr, je vous écoute.

— J'aimerais profiter de cette nuit que vous nous accordez dans votre palais pour subir l'entraînement de vos meilleurs hommes.

— C'est entendu, cependant, je souhaite que vous vous restauriez avant de commencer la formation.

J'approuve ses dires, le remercie, m'incline face à lui, et quitte ensuite la pièce pour me rendre dans la salle à manger, où les servantes nous apportent notre repas.

Une grande table est dressée, pouvant, sans nul doute, accueillir plus d'une dizaine de personnes, que ce soit pour les places assises ou pour les plats posés sur toute la longueur de la desserte.

Abaka se sert, prenant ce qu'il veut, sans retenue. Me concernant, je ne sais que choisir, mais mon cœur finit par pencher pour la soupe. L'entraînement ayant lieu juste après le repas, il est préférable d'avaler quelque chose de léger. La cuillère sur ma langue, je découvre de nouvelles saveurs.

Jamais jusqu'à maintenant, il ne m'avait été permis de goûter un plat aussi bon et succulent. Cependant, je ne perds pas de temps, bois très rapidement mon bol de soupe. Ma ration finie, j'interpelle d'un geste de la main un servant présent dans la pièce pour veiller à ce que nous ne manquions de rien. C'est avec grâce qu'il s'approche, puis s'adresse à moi.

— Que puis-je pour vous, mademoiselle ?

— J'ai terminé mon repas, où se trouve la salle d'entraînement des soldats ?

L'homme écarquille les yeux puis annonce :

— Je vais voir ce que je peux faire concernant votre demande.

Sur ces mots, il quitte la pièce. Je constate que le regard d'Abaka est braqué sur moi, en attente d'explications.

— Le roi m'a accordé un entraînement avec ses meilleurs soldats. Cette séance de préparation aura lieu cette nuit, ça ne nous empêchera donc pas de partir de la ville à l'aube.

— Et tu pensais m'en parler à un moment ? Nous aurions pu partir dès ce soir !

— La diligence ne passe que demain matin, donc ça ne change absolument rien à notre situation. Cette chance de progresser en combat ne se représentera pas, je dois la saisir !

Un soldat fait irruption dans la salle à manger, interrompant notre conversation.

— Je vous prie de me suivre jusqu'à la salle d'entraînement.

Sans attendre plus longtemps, je me lève et quitte la pièce accompagnée de mon guide. La porte se referme sous le regard accusateur de mon compagnon de voyage.

16. COMBAT ROYAL

L'homme me guide à travers le château jusqu'à une immense double porte. Lorsqu'il la pousse, je découvre une salle gigantesque. À l'intérieur se trouvent des aires de combats, des cibles en bois et en paille, et au centre, une dizaine d'individus. Tous portent une armure lourde et une épée dont je reconnais la forme. Cette observation fait naître en moi un sentiment de fierté : les meilleurs soldats du roi utilisent des armes forgées par mon père !

Un homme plutôt imposant tant par sa carrure que par l'aura qu'il dégage s'approche de nous.

— Colonel Magnus Rivenstone. J'ai ouï dire que vous souhaitiez participer à l'entraînement de mes hommes. Sachez que vous êtes la bienvenue, malgré cela, vous devez savoir qu'ici le mot d'ordre est discipline. Je ne tolérerai aucun écart de comportement. Je vous invite à prendre votre épée et à vous mettre en place près des cibles qui se trouvent là-bas.

— Merci, Colonel !

J'attrape mon épée qui a été laissée à côté, et me rend à l'endroit indiqué. Je prends place et attends patiemment le début de cet entraînement.

— Messieurs, débutons par quelques mouvements d'épées.

À peine ces mots sont-ils prononcés qu'un bruit unique résonne dans toute la salle, tous ont sorti leur lame du fourreau, prêts à en découdre.

— Vous ferez des coups tranchants du haut droit au bas gauche, puis vous alternerez. La maîtrise de votre technique devra être parfaite.

Sans attendre, tous commencent l'exercice. Ensuite, le colonel me rejoint aux côtés des cibles.

— Vous concernant, commencez déjà par vous mettre en garde, annonce-t-il.

Je prends la posture recommandée, comme si j'allais affronter la cible en bois qui me fait face.

— Validez-vous cette position ? demande le colonel.

— Oui, monsieur.

— C'est presque potable, mais plutôt pas mal pour un apprentissage sur le tas.

L'homme s'approche et tape dans mon pied qui se trouve à l'avant avec le sien afin de l'écarter sur le côté. Puis il décale mon pied arrière.

— Pour un bon centre de gravité, vos pieds doivent être placés à la largeur de vos épaules. Sans ça, votre base ne peut pas être solide et au moindre choc, c'est le déséquilibre et la chute. Votre pied arrière doit être orienté à quarante-cinq degrés, sans ça, encore une fois, c'est la chute. Ça c'était les pieds, passons à la posture générale.

L'homme s'approche et, toujours à l'aide de son pied, il appuie dans le creux de mes genoux. Il exerce ensuite une pression sur mes épaules, les poussant vers le bas pour m'encourager à les décontracter. Puis, il place une main au milieu de mon dos, me forçant ainsi à me tenir droite.

— Des épaules trop raides vous empêcheront de bouger correctement et librement. Détendez-vous, vous ne mourrez pas ce soir. Votre dos doit être droit, mais rester souple, sans pression. Pour les genoux, s'ils sont tendus, vos mouvements seront lents et demanderont beaucoup plus d'énergie. Dans un combat, une seconde peut faire la différence entre la vie et la mort. Concernant votre alignement, il est parfait, de loin le point fort de la posture !

Il s'approche à nouveau et appuie légèrement à l'intérieur de mes coudes, m'incitant à les fléchir.

— Voilà qui est mieux, vous vous fatiguerez moins vite avec les bras pliés. Pour le reste, votre tenue de l'épée est excellente. Passons aux mouvements, une attaque en balayage avec un déplacement en avant.

Bien que ce genre de geste soit une routine, je ressens une certaine pression à devoir l'effectuer dans une telle situation. Pour la première fois, je me surprends à réfléchir pour un mouvement aussi basique. Alors que j'avance tout en me concentrant sur la position de mes pieds et de mes jambes, je balaye l'air devant moi d'un coup d'épée.

— Bien, le balayage est parfait, votre déplacement un peu hésitant. On va pouvoir passer à la suite, vous avez le niveau pour rejoindre la brigade.

Il s'éloigne et retourne près du groupe.

— Bien, nous allons entamer les exercices en duo. Bran, tu iras avec notre amie Palmyre, tu dois la préparer pour qu'elle ne meure pas lors de son prochain combat hors de ces murs. Sa vie est entre tes mains !

L'homme en question s'approche de moi, et se tourne face au colonel pour écouter le reste des instructions.

— Nous allons commencer par des parades. L'un attaque avec un coup d'estoc[1], l'autre doit le parer puis répliquer. Évidemment, le premier assaillant devra contrer la frappe, riposter à son tour, et ainsi de suite. Palmyre, avez-vous une armure ?

— Non, monsieur.

— Je vais vous en faire amener une. Comment peut-on espérer faire de vous une guerrière si l'on ne peut pas vous attaquer sans prendre le risque de vous tuer ? conclut le colonel avant de quitter la pièce.

Mon regard se pose alors sur les soldats qui, sans attendre, se mettent par deux et commencent l'exercice.

Rapidement, le colonel revient, les bras chargés d'une armure.

— Mettez ça, c'est offert par le roi.

Je ne dis rien, enfile l'équipement et nous amorçons

____
1. Coup porté avec la pointe de la lame, utilisé pour piquer ou transpercer.

l'entraînement avec mon duo. Sans décider du premier attaquant, l'affrontement débute.

Je sens mon cœur se serrer, une impression qu'il peut sortir de ma cage thoracique à tout moment m'assaille. Comme pour tenter de calmer la pression qui monte en moi, je réalise la première attaque, mon épée vient piquer en direction de Bran qui l'esquive sans la moindre difficulté et enchaîne aussitôt avec un balayage de sa lame. J'effectue un mouvement de recul, lors de celui-ci, un bruit strident résonne à mes oreilles. Mon regard se pose sur mon plastron où une griffure est apparue sur le métal. Je dois faire mieux !

L'exercice reprend, un nouvel échange débute. L'assaut vient de mon adversaire qui n'attend pas et passe rapidement à l'offensive, cette fois-ci, je parviens tout de même à l'éviter. Je tente une riposte avec un estoc, mon épée frappe violemment la protection de Bran qui semble surpris.

— C'est parfait, je vais pouvoir accélérer encore.

Sa phrase tout juste terminée, il attaque à nouveau avec un balayage, le bruit du frottement léger de sa lame contre mon plastron résonne. Sans m'éterniser, j'arme une attaque balayée que Bran bloque avec aisance. L'enchaînement prend fin ici, et nous en commençons un nouveau. En avançant d'un pas, j'effectue un coup horizontal esquivé par Bran. Sans m'arrêter, je poursuis mon déplacement tout en faisant monter la lame très rapidement. Mon assaut est évité à nouveau, mais de justesse, laissant Bran à une distance très courte et ma pointe au niveau de sa gorge. D'un mouvement fluide du poignet, je parviens à pousser encore ma lame vers le haut, tout contre sa gorge.

L'armure le préservant, mon épée laisse une simple empreinte sur sa protection.

— Voilà un bel enchaînement, il peut devenir ta signature. Que dis-tu de continuer à le travailler ?

— Si tu penses qu'il vaut le coup d'être amélioré et maîtrisé, allons-y !

Nous nous approchons d'une cible en bois. Bran commence rapidement à me donner des conseils pour exécuter au mieux ma nouvelle technique.

Après un long moment, d'une durée que je ne saurais quantifier, le colonel vient nous voir.

— Voilà une technique intéressante, que diriez-vous de la tester en situation réelle ? me demande Magnus.

Je n'ai pas le temps de répondre que Bran prend la parole.

— Je pense qu'elle est prête ! Cette technique peut vite devenir redoutable avec de l'entraînement.

— Vous allez donc d'abord combattre Renald. Pour un petit face-à-face contre ce soldat, vous avez le droit à votre épée et à votre dague, conclut le colonel.

L'homme s'approche de l'une des aires de combat tracées au sol et commence à hurler.

— Messieurs, il est temps de passer aux duels. Nous allons commencer par l'affrontement entre Renald et Palmyre. En place !

Je vois celui qui semble être mon adversaire s'approcher du colonel. Ensemble, ils chuchotent, le visage de Magnus affiche une certaine colère. Renald se rend ensuite au centre de l'aire, où je le rejoins.

— Dès que l'un de vous aura dégainé sa lame, le duel débutera.

Nous nous tenons l'un en face de l'autre, chacun la main posée sur la garde de son épée. Il est évident que, dès que les lames seront sorties, les premières attaques commenceront. Renald engage les hostilités, il feinte de dégainer sa lame. Par réflexe, j'extirpe la mienne de son fourreau et déclenche officiellement l'affrontement. Je n'ai plus le choix, je dois passer à l'offensive ! Renald n'a pas encore sorti son arme, ce qui me donne un avantage décisif. Je dois saisir cette occasion ! Je commence avec un coup balayé dans lequel je mets toute ma force. Contre toute attente, il bloque mon attaque avec son fourreau, puis pivote. Sa lame émerge en même temps que son déplacement. Sans que je comprenne ce qu'il se passe, la pointe de l'épée de Renald s'arrête au niveau de mon abdomen.

C'est le souffle court que je constate que, dépourvue d'armure et privée de la maîtrise de Renald, je me viderais de mon sang.

Comment puis-je espérer vaincre mon adversaire si je ne parviens pas à gagner contre un simple soldat ? Des larmes commencent à mouiller mes joues.

— Ce n'est pas le moment de pleurer, si vous abandonnez maintenant, vous ne deviendrez jamais une guerrière redoutable. Et ce soir, ma mission est de faire de vous la plus puissante de toutes. Soyez digne de porter cette épée ! annonce Magnus.

— Oui, monsieur, dis-je en essuyant mon visage.

17. UN VOYAGE

À l'aube, c'est épuisée par l'entraînement de cette nuit que je me dirige, accompagnée d'Abaka, vers la place où arrivera la diligence pour nous conduire à notre prochain patient.

— Jolie armure, ironise Abaka d'un ton sec.

— Merci, réponds-je, ne sachant que dire d'autre.

Après une demi-heure d'attente, la charrette apparaît au bout de la rue, rythmée par un léger bruit perçant le silence ambiant, et s'arrête devant nous. Ensemble, nous nous assoyons dans le véhicule et payons notre trajet. La porte se referme et c'est ainsi que commence notre voyage jusqu'à Midfort.

Par la fenêtre, je peux voir défiler le paysage en toute quiétude. La verdure est fraîche et dense de ce côté-ci de la capitale. La douce lumière du soleil nous réchauffe, sans pour autant être suffocante. Le cliquetis des roues contre le sol irrégulier mêlé au bruit des sabots des chevaux au galop résonne dans mes oreilles comme une berceuse. Sans le réaliser, je m'assoupis.

Une odeur appétissante attire mon attention. En effet, ouvrir les yeux me permet de constater que l'apothicaire mange des plats offerts généreusement par le roi pour nous servir de collations durant le voyage.

— Tu dois sûrement avoir faim, suppose Abaka, tendant face à moi de quoi remplir mon estomac.

— Merci, je lui souris, le trajet se passe bien ?

— Oui, un peu long, mais nous ne pouvons pas nous plaindre de cela avec tout le confort que nous avons.

J'acquiesce d'un hochement de tête, la bouche pleine de salade.

Le bruit d'une chute d'eau apparaît discrètement, contrastant avec le silence de la forêt que traverse la diligence. L'écoulement devenant de plus en plus fort, je jette un regard vers l'extérieur. Une rivière se trouve à tout juste un mètre de nous. Sur la berge, une surface idéale pour se détendre est présente, parsemée de fleurs.

— On s'arrête ici, le temps que nous puissions tous nous reposer ! hurlent les cochers de la diligence.

— C'est entendu, leur répond Abaka.

Quand la charrette se stoppe, c'est non sans un grand sentiment de soulagement que j'en descends. Me dégourdir les jambes provoque en moi un bien fou, sans parler de mon dos que j'étire autant que peut me le permettre ma souplesse.

Les chevaux sont détachés puis rapprochés de la rivière dans laquelle ils entrent par eux-mêmes, gardant cependant une certaine méfiance de ce qui pourrait s'y trouver.

Un abri relativement imposant est présent sur la berge, non loin du chemin. Cela doit être un point d'arrêt régulier des différentes diligences qui passent à proximité d'ici. Devant, on y découvre un cercle de pierres, avec à l'intérieur des restes de charbon, sans doute laissés par un feu allumé par un précédent voyageur ayant fait une petite pause.

Ne voyant pas de stock de bois, je décide d'aller en chercher aux alentours du camp. Le roi, plus que généreux, m'a fait cadeau d'un arc qu'utilise sa meilleure troupe d'archers, ainsi qu'un carquois rempli d'une vingtaine de flèches d'excellente qualité. C'est donc armée pour me défendre tant à distance qu'au corps-à-corps que je m'aventure dans la forêt qui nous entoure.

Sûrement sommes-nous trop bruyants sur le campement,

je n'aperçois aucun animal, mais suffisamment de bois sec pour allumer un feu et le faire durer jusqu'à demain.

Le retour à l'abri se fait charger de branches et de feuilles mortes. Je n'ai malheureusement trouvé que peu de ressources alimentaires, seulement quelques plantes, tout juste de quoi faire une salade. Par chance, les autres sont apparemment revenus avec plus de nourriture.

Une fois le bois stocké et le feu allumé, le groupe se rassemble autour de la source de chaleur et de lumière. La joie se joint à nous, il n'y avait déjà pas beaucoup d'animaux à proximité, nos rires et nos chants tapageurs ne font que les éloigner plus encore. La lune est présente depuis longtemps quand nous faisons le choix de regagner nos couches de fortune, toujours dans l'aura des flammes.

Au petit matin, avant même que l'aube ne se montre, les cochers nous sortent de notre sommeil. Il est temps de reprendre la route pour la dernière partie du voyage.

18. MIDFORT

La diligence s'arrête au centre du petit village qui était, il y a peu, épargné par la maladie. La place est maintenant délabrée et vide de vie. Seules quelques personnes osent encore s'aventurer entre les maisons.

Sans perdre de temps, nous rejoignons la demeure de Rehan et son père. Passant de rue en rue, le constat est affligeant. Midfort, ou plutôt ce qu'il en reste, ressemble de plus en plus à la ville voisine.

Devant la porte verrouillée, Abaka frappe, se fait remarquer en hurlant à qui souhaite l'entendre qu'il est enfin là, prêt pour soigner le père et le fils. Nous avons un angoissant silence pour réponse. Personne ne vient nous ouvrir. C'est après un instant de recherche que je repère un rondin, servant probablement aux bûchers. Il fera un parfait bélier. Nous enfonçons finalement la porte. Dans le bâtiment, Abaka se précipite dans les chambres.

Sur ses talons, un sentiment de déjà-vu me surprend lorsque je vois la scène. Marcel est couché sur son lit, inconscient. Rehan se trouve assis sur le sol, la tête sur ses bras qui reposent sur le matelas de son père. Je retiens mon souffle tandis qu'Abaka s'avance près d'eux. Il tente dans un premier temps de réveiller l'enfant qui ne réagit pas. Les doigts du jeune apothicaire glissent sur son cou.

— Il est en vie, mais terriblement faible.

Mon ami se rapproche ensuite de Marcel et contrôle son pouls.

— Pour lui, c'est trop tard, le petit rejoint la malheureuse famille des orphelins.

Abaka couche Rehan et l'examine. Pendant ce temps, je retire le corps du lit et l'installe dans un coin de la pièce.

— C'est bien la fièvre démoniaque, il est dans un état si avancé que je ne suis pas sûr de pouvoir faire quoi que ce soit, s'attriste Abaka.

— On peut essayer, de quoi as-tu besoin ? demandé-je.

— Tu te poses la question ? Il aurait fallu arriver plus tôt, au lieu de dormir chez le roi ! On aurait pu prendre des chevaux et partir tout de suite, mais non ! Non ! On ne l'a pas fait ! Tu as voulu absolument manger, t'entraîner et te reposer là-bas ! hurle-t-il, les yeux gorgés de larmes.

Alors que mon ami est en pleurs, je ressens un changement d'ambiance dans la pièce. Je m'assois et ferme les yeux, le nouvel air m'envahit, l'atmosphère devient froide et sombre.

Je perçois une présence s'approcher. Je lance ma dague, puis ouvre ensuite les paupières. Comme si le temps s'était arrêté autour de nous, seule la silhouette et moi bougeons.

— Si tu comptes mettre fin à leurs vies, sache que je ne te laisserai pas faire, m'opposé-je.

— Je ne veux pas te faire de mal, permets-moi simplement de faire ce pour quoi je suis là.

Ignorant sa demande, je dégaine mon épée, prête à en découdre. Cette fois, ce sera lui ou moi !

La silhouette squelettique commence à manipuler son arme, faisant des mouvements précis. À ce moment, le combat débute, mon épée en main, je reste sur mes gardes, consciente du danger, la moindre erreur me sera fatale.

J'évite de trop m'approcher, demeurant ainsi assez loin de son arme. Cependant, elle a une plus grande allonge que la mienne, s'il n'est pas à distance, je ne le suis pas non plus.

— Ton heure n'est pas venue, abandonne et je te laisserai la vie sauve. Quoi qu'il arrive, tes amis mourront.

Mon rival ne semble pas vouloir attaquer, je tente un assaut rapide pour percer sa garde et être à distance. Mon essai est un échec, mon ennemi recule et bloque ma lame avant de faire une rotation pour se placer de façon à avoir l'avantage sur moi. Je suis face à quelqu'un de stratégique.

— Va-t'en, tant que tu le peux !

Cette voix me paraît familière, mais je ne parviens pas à voir son visage. Qui est réellement cette personne ? Sa technique est très bonne, nos lames se croisent, s'entrechoquent, mais un nouveau détail me chagrine. Dans ce combat à mort, mon rival ne semble pas se donner à fond. Veut-il périr ? Ou bien pense-t-il qu'il ne peut que gagner, et ne prend pas la peine de s'impliquer dans l'affrontement ?

Pendant que je réfléchis, notre duel continue. Mon adversaire riposte, pare mes frappes, mais n'attaque pas. Je lance une offensive, dans le simple but de provoquer un blocage de la part de mon opposant. Par chance, il ne choisit pas l'esquive et utilise son arme pour renvoyer ma lame. Ce geste de sa part me permet d'enclencher la technique que j'ai travaillée toute la nuit. J'entre dans sa garde avec un mouvement de rotation, étant trop proche pour que son arme soit un problème, je continue. Ma lame monte vers sa gorge, je tente un mouvement de poignet afin d'aligner mon épée avec ce qui est supposé être sa carotide. Sans comprendre comment, je sens un énorme courant d'air me projeter contre le mur.

Mon adversaire me fait face, sa main tendue dans ma direction. Le choc contre la cloison me coupe le souffle, respirer devient compliqué. Tandis que je tâche de reprendre une respiration normale, je le vois s'approcher du petit Rehan.

— Tu ne l'auras pas ! crié-je.

Bien que je sois en difficulté, je me jette sur mon rival qui me tourne le dos et le transperce avec mon épée. Cette fois-ci, ma lame parvient à le blesser. Son corps, qui jusque-là ressemblait à une masse fumante intouchable, devient physique et du sang coule lentement de sa plaie.

Le brouillard sombre qui l'entourait disparaît, laissant apparaître sa longue tunique noire et son visage caché par une capuche. La vision de ce corps me rend tremblante, sans retirer son couvre-chef, je reconnais la personne que je viens de tuer.

— Pourquoi ? C'est impossible ! Ça ne peut pas être toi ! Tu étais mort ! dis-je, la figure humide.

— Ma fille, c'était le seul moyen de te sauver. Comme toi, j'ai combattu la mort pour protéger quelqu'un qui m'était cher. Cette personne, c'était toi. Tu devais périr, abattue par les soldats ce jour-là. Lorsqu'ils sont entrés, quand tu m'as aperçu, ce soldat était supposé te battre à mort. Ma victoire t'a épargnée, mais la faucheuse n'étant plus, j'ai dû la remplacer. C'était ma punition pour avoir voulu aller à l'encontre du destin. Et maintenant, ce châtiment sera le tien. Rehan ne mourra pas, mais en échange, tu dois y laisser ta vie.

Sur ces mots, mon défunt père disparaît en fumée alors que je vois mon corps s'écrouler sur le plancher. Que se passe-t-il ? Cherchant à comprendre, mon regard se pose sur ma nouvelle enveloppe charnelle. Mes doigts adoptent une teinte grisâtre et dégagent une épaisse vapeur. Cette transformation se propage au reste de mon être tandis que j'aperçois Abaka se jeter sur la coquille vide et inerte qui me servait de corps.

L'apparence du jeune Rehan semble déjà changée pour être plus rassurante. Sans avoir le temps de me réjouir de cette nouvelle, je suis comme téléportée dans les rues de la capitale. Devant moi, deux voyous s'en prennent à la princesse qui se fait poignarder et tombe sur la terre couverte de sang d'une petite venelle à l'arrière du château.

Une voix très grave résonne dans mes oreilles me chuchotant une phrase « C'est l'heure. »

Je m'approche du corps maintenu entre la vie et la mort dans l'attente d'un contact de ma part. À peine l'ai-je frôlé qu'une masse fantomatique s'extirpe du cadavre avant de s'envoler.

Je suis ensuite téléportée dans un nouvel endroit. Un genre

de cave. J'y vois un homme. Il se tient à califourchon sur un corps enfantin, au vu de la taille des jambes. Il s'agite, étant dans son dos, je ne peux en savoir plus. Je m'avance et, alors qu'il se lève, me retrouve face à la dépouille en lambeau d'une jeune fille. Je la frôle du bout des doigts, la libérant ainsi de sa douleur. Cependant, je ne suis pas téléportée ailleurs. Pourquoi ?

— Toi, reste sage si tu ne veux pas vivre la même chose ! prononce l'homme en s'approchant d'une autre enfant, couteau en main.

Mon regard croise celui de la fillette, je sens mon sang se glacer.

— Aidez-moi ! Je vous en prie !

— À qui tu parles, gamine ? C'est pas comme si quelqu'un pouvait t'entendre.

Je reconnais ce visage. Je serre les poings, ma mâchoire se crispe tandis que ma figure baigne de larmes. Je lève ma faux et l'abats sur l'homme au couteau. Celle-ci traverse ma cible sans lui faire le moindre mal.

Un cri sort alors de ma bouche alors que je m'acharne inutilement sur cet homme, tentant de lutter contre mon inefficacité à sauver cette enfant une seconde fois.

La jeune fille se débat, hurle tandis que l'homme use de sa lame pour déchirer ses vêtements. Elle le frappe, mais trop faiblement pour le faire reculer.

— Tu fais trop de bruits, tu t'agites trop pour que je te garde.

Il pose sa lame contre la gorge de la fillette et la tranche d'un mouvement net avant de continuer ce qu'il a commencé. Je m'approche de l'enfant et la libère d'un léger toucher du bout du doigt sur sa cicatrice, puis je suis transportée ailleurs.

19. UNE NOUVELLE VIE

Je me jette sur le corps inerte de Palmyre. Que lui arrive-t-il ? Après un contrôle, je ne constate aucun pouls, aucune respiration. Je la secoue comme si ça pouvait la ramener à la vie de façon aussi soudaine que la mort l'a frappée.

— Abaka ! Tu es revenu ! Tu as pu guérir mon papa ? demande Rehan d'une voix encore faible.

Je me tourne pour faire face au nouvel orphelin, les joues pleines de larmes.

— Je suis désolé, je n'ai pu sauver ni ton père ni Palmyre. Nous devons partir d'ici !

Après avoir fait nos adieux et offert une sépulture digne à nos défunts, nous prenons la route pour retourner ensemble à Lunaris. Peut-être que la proposition du roi sera encore d'actualité à notre arrivée.

REMERCIEMENTS

Un immense merci à
Bassara King, pluiederosee, hoang-jeanluc, yac-hett, michael-
boutboul87, monkeydpanda, 9bebel9, dgh, dav-autu-
clo34, audrey-schlaeflin, adamczyk-anael, amandinemaug,
paulinefogarolo25, Getsu, Anthony Vaisse, Azelrog et
Manon pour leur soutien lors de la campagne Ulule.

Je souhaite également remercier les personnes qui m'ont
entourée lors de la réalisation de cet ouvrage :
Skyniiverse pour les illustrations des goodies
Caroline Blineau pour la couverture
Émilie Manson pour la correction

TABLE DES MATIÈRES

1. Début d'un voyage   7
2. Abaka   13
3. Survie   19
4. Le petit apothicaire   27
5. Éthique ou légalité   39
6. Un autre monde   55
7. Désolation   71
8. Une rencontre   83
9. Réveil douloureux   91
10. Chasse à l'homme   93
11. En fuite   99
12. Voyage en mer   107
13. Tidehaven   119
14. Au galop   125
15. Connaissances   129
16. Combat royal   139
17. Un voyage   145
18. Midfort   149
19. Une nouvelle vie   155
Remerciements   157